GENTOSHA
OUTLAW
BUNKO

夜の指
人形の家 1

藍川　京

幻冬舎アウトロー文庫

夜の指　人形の家　1

目次

夜の指　人形の家1　登場人物

柳瀬小夜（15歳）　旧姓深谷。高校一年生。
　深谷胡蝶　小夜の実母。小夜が小学六年生の時に死亡。享年四十一。
柳瀬緋蝶（43歳）　小夜の養母。胡蝶の妹、小夜の叔母にあたる。
柳瀬彩継（59歳）　緋蝶の夫。小夜の養父。著名な人形作家。
　鳴海麗児　性的な生き人形制作時の彩継の秘密の別名。
深谷景太郎（51歳）　小夜の実父。大宝物産勤務。
深谷愛子（39歳）　景太郎の再婚相手。
深谷瑛介（18歳）　愛子の実子。高校三年生。
須賀井宗之（45歳）　骨董屋「卍屋」主人。亡き胡蝶の同級生。
斉田瑠璃子（16歳）　小夜の親友。

第一章　椿屋敷

1

小夜《さよ》の母、胡蝶《こちよう》が亡くなったのは、小夜が十二歳、小学校六年生のときだった。胡蝶、享年四十一歳。まだ三十代前半にしか見えないほど若々しく美しい死顔だった。

胡蝶の母方は病弱で短命。その血を継いだのか、胡蝶は二十二歳で深谷景太郎《ふかやけいたろう》に嫁いで三度も流産し、諦《あきら》めかけていたときに無事に産まれたのが小夜だった。

二十代最後の歳《とし》に小夜を産んだものの、お産の無理がたたってか、胡蝶は以前よりいっそう病気がちになり、入退院を繰り返していた。そして、透けるように白い肌のまま、自分と同じ名前の胡蝶という侘助《わびすけ》が咲き始めた冬の朝、静かに息を引き取った。

「これから、胡蝶侘助にお母さんの魂が宿って、小夜ちゃんを見守ってくれるわ。必ず毎年咲いてくれるわ……」

胡蝶よりふたつ年下の叔母の緋蝶《ひちょう》が、母を亡くした小夜を抱きしめた。

胡蝶と緋蝶の両親は椿《つばき》の愛好家で、屋敷は乱れ積みの石垣の上に椿の生け垣が植え込まれ、周囲から椿屋敷と呼ばれていた。

その屋敷を両親亡きあと継いだのが緋蝶で、緋蝶の夫の著名な人形作家、柳瀬彩継《やなせあやつぐ》もおおいに気に入り、結婚後、緋蝶の屋敷で人形制作を続けていた。

緋蝶の名は、侘助のひとつ〈鳴門緋蝶《なるとひちょう》〉から、胡蝶は〈胡蝶侘助〉から取られ、小夜もまた、小夜侘助という椿から名づけられた。

母方の小夜の祖父母の残した多くの椿の品種は、今も生き生きと命を繋《つな》ぎ、冬には白や紅、紅白の混じった侘助が咲きはじめ、それが終わるころ、春になると、純白の椿から、黒椿と呼ばれる紅の濃い椿まで、また、質素な一重から、八重、カーネーションと見まがうほど豪華な千重のハワイやブラック・レースまで、何種類もの椿が次々と花ひらいた。

そのころになると、椿屋敷の生け垣を楽しみにしている近所の住人達が訪れ、中には庭を拝見したいという申し出もあり、数年前から、一週間だけ、庭を開放することにした。

その後は、また静かな屋敷に戻る。ときには、友人知人を迎えて、庭で花の宴をひらくこともあった。

「お養母《かあ》さま、椿が散ってしまうと、いつも淋《さび》しいんじゃないの？」

五月に入り、庭には、藪椿と雪椿の中間種の雪端椿《ゆきばたつばき》だけが、かろうじてちらほらと紅い花を残している。

古代紫の生地に、白に近い淡い紫の藤の花房の描かれた加賀友禅の着物を着た小夜は、薄紫の帯を締めている。緋蝶に着せてもらったばかりの着物だ。

長い黒髪はダウンヘアにし、前髪は眉のところで切りそろえられていた。後頭部には、緋蝶が白と紫綸子《りんず》で作った大きなリボンがついている。

「花は散るから愛しいの。椿も、やがて咲く藤の花も、命のあるものはみんな……」

そこで緋蝶は失言したというように、ほっそりした白い手で慌てて口元を押さえながら、

「ごめんなさい」

と、詫びた。

緋蝶の着物は白大島だ。

「お母さまのことを思い出すと思っているの？　やさしかったお母さまのことは決して忘れないわ。だけど、ここに来て、とっても幸せなの。お養母さまは、私を産んだお母さまにそっくりだし、胡蝶侘助もたくさんあるし。だから、ここに来たいと思ったんだし、そんなこと、気にしないで」

小夜は緋蝶の心遣いが、いつも嬉《うれ》しかった。

「ありがとう。私もとても幸せよ。でも、景太郎さんのことを考えると、何だか悪い気がして……小夜ちゃんも、本当はお父さまと暮らしたいんじゃないかと思って。この世でたったひとりのお父さまだもの」

「お父さまのこと、大好き。でも、ここのお養父《とう》さまのことも大好き。いつも行き来しているし、わたしには、ふたりもお父さまがいて幸せだと思っているの」

深谷の籍を抜き、叔母夫婦の柳瀬の籍に入ったが、それを小夜は、今も正しい選択だったと思っていた。


大宝物産に勤める景太郎は、この厳しい社会情勢の中で、ますます仕事が忙しくなってきたにも拘《かか》わらず、ひとりで小夜を育ててきた。もっとも、胡蝶の死は、小夜が中学生を目前にしていた小学校生活も残りわずかというときだっただけに、たいして手はかからなかった。むしろ、食事の用意や洗濯は小夜が積極的に手伝い、景太郎の日常生活はおおいに救われた。

実の父、景太郎と別れて暮らすようになったのは、景太郎に愛する女、愛子《あいこ》が現れ、再婚したからだ。

愛子は未亡人で、小夜よりふたつ年上の連れ子の瑛介《えいすけ》がいた。

あれは、小夜が中学三年生のときだった。

日曜日、友達の家に行く途中で忘れ物を思い出して戻ると、緋蝶と彩継が来ているのがわかった。

いつにない三人の深刻な話し声に気づいた小夜は、戻ってきたことを知られていないのを幸いに、リビングの外で、つい聞き耳を立ててしまった。

「小夜がひとり立ちするまでこのままがいいと思うものの、いっしょに暮らしたい気持ちもあって……でも、胡蝶が亡くなってまだ二年半だし、小夜は再婚に納得しないんじゃないかとも思って……」

景太郎の口調は重々しかった。

再婚という言葉に、小夜は息をひそめた。

「二年半といえば三回忌も過ぎたんだし、景太郎さんは五十路に入ったばかり。平均寿命まで、まだ二十年以上もあるじゃありませんか。いつまでも独り身でいることはないわ。私は再婚した方がいいと思っていたの。少なくとも、私のことは気にしないでいいのよ。景太郎さんが再婚しても、小夜ちゃんは私の姪《めい》に変わりはないし、これまでどおり、おつき合いさせていただくわ。もっとも、お相手の方が先妻の妹ということでいやがるようなら、表向きは遠慮しますけど」

緋蝶の声はやさしかった。

「いえ、愛子はそんな女じゃありません。長いこと未亡人で苦労してきただけ、心根もやさしい女です。ただ、相手の子供のことを思うと、それが心に引っかかってしまって。これから大学に行く息子に、母親といっしょになるから出ていけとは言えないし……いえ、いい子です。でも、年ごろの小夜といっしょに暮らすとなると、どうも私にはそれが気になって……。まちがいなどないと信じたくても、小夜は父親の私が言うのも何ですが、気持ちも外見も可愛い子で、今だって、異性からの電話や手紙が多くて、私はやきもきしているんですよ。小夜はおとなしい子で、積極的に一対一で誰かとつき合う気持ちはないらしく、いつも数人でつき合っているので安心していますが、同じ屋根の下に、たった二つちがいの異母異父兄妹が暮らすとなると……」

景太郎の溜息《ためいき》が聞こえた。

「そりゃあ、小夜ちゃんなら男の子が放っておきませんよ。あんなにいい子、めったにいやしませんよ。そうね、お相手に息子さんがいるとなると……」

緋蝶も溜息をついた。

母の胡蝶に似ている小夜は、叔母の緋蝶にもよく似ていた。

形のいい小さな頭に艶《つや》やかな黒髪。きめ細かな白い肌。スッと通った鼻筋とぷっくりした唇は、穏やかさと賢さを秘めていた。大きな目にはやさしい輝きがあり、華奢《きゃしゃ》な総身が小夜をどこかたよりなげに見せ、いっそう女らしさを漂わせていた。

「小夜ちゃんより早く、その息子さんが独立するだろう。でも、息子さんが高校を卒業するまであと半年ちょっと。それから大学が四年あって……もし大学院にでも行きたいということになれば……」

彩継も大きな溜息をついた。

「その子も、本当にやさしい子なんです。でも、まんいちのことを考えると、どうしてもいっしょに暮らす決心がつかないんです。あと数年、待つしかないかもしれませんね……」

「好きな人がいて、五年も六年も待てますか？　さっき、まだ若いと言いましたけど、これからの数年は、若いときの数年とはちがうんですよ。この歳になれば、おわかりでしょう？」

緋蝶の声がした。

「しかし、どうにもならないでしょう……？」

「いいえ、そんなことはありません」

胡蝶に似て、決して躰《からだ》が丈夫とは言えないだけに、いつもはゆったりとやさしく話す緋蝶だが、このときだけは、きっぱりと口にした。

「小夜ちゃんを私の子供にしたいの」

　小夜だけでなく、そこにいた景太郎と彩継も息を呑《の》んだ。

「小夜ちゃんは姉の残したたったひとりの忘れ形見です。私に育てさせて下さい。私は子供を産みたかったのにできなかったんです。あの子は私にとっても愛しい子なんです。ね、あなた……いいでしょう？」

「そりゃあ、うちはいつからでもかまわない……小夜ちゃんなら、うちの子になってほしい……でも、景太郎さん、それはできないでしょう？　あんな可愛い娘さんなんだし」

「それは……」

　景太郎が言葉を濁した。

「小夜は緋蝶さんを慕っています。あなたは胡蝶にそっくりですからね。彩継さん、あなたのことも小夜は大好きですよ。叔父さん叔父さんと、いつも話が出ます。あの子はあなたの人形が好きなんです。著名な人形作家の叔父さんがいると、いつも誇らしく思っているようです。私は芸術的な才能を持っていませんから、小夜はもの足りなく思っているかもしれません。でも……」

　景太郎は逡巡《しゅんじゅん》していた。

　再婚のために娘を人に預けるなど、たとえそれが小夜の叔母夫婦にだとしても許されないことだと思っているのが、小夜にもわかった。

愛する父の幸せを考えると、いつまでも自分と亡き母だけのものであってくれとは言えないような気がしていた。そんな矢先のできごとだった。

再婚していいのよと言ってやりたい気持ちと、それを口にすれば後悔するような気持ちもあり、小夜はそのまま家を後にした。

すぐには、景太郎から再婚の話は出なかった。

「会ってほしい人がいるんだが……」

ためらいがちにそう言われたのは、緋蝶夫妻との三人の話をこっそり聞いてしまった日から、ふた月ほど経《た》ったころだった。

偶然、いい人と巡り合ったこと、愛子という三十九歳の女性は、結婚して四年後には未亡人になり、三歳だった息子を、今までひとりで育ててきたことなどを、淡々と話した。

「とても思いやりのある人なんだ。お母さんが亡くなってまだ思い出も薄れていないときに、こんなことを言うとおまえに軽蔑されそうだが……」

景太郎はどこかしら咎人《とがにん》のようだった。

「お母さまのことは今も大好きよ。だけど、お父さまはまだ若いし、いい人ができればいいと思っていたの。お母さまは病気がちだったし、今度は健康な人をお嫁さんにするといいんじゃないかとも思っていたの。お父さまがいい人と思うなら、私はかまわないから。誰と再婚しても、お父さまがお母さまを忘れることがないのはわかっているし」

景太郎から言い出してくれたことにホッとしながら、小夜は笑みを向けた。

意外だと思ったのか、景太郎が驚きの目を向けた。

「再婚はまだしない……」

「どうして？」

小夜は何も知らない振りをして訊《き》いた。

「小夜が大学を卒業して、結婚もして……それからでいい。ただ、おつき合いをはじめたいということだ」

「思いやりのあるいい人だって言ったじゃないの。再婚は考えていないの？」

「いや……将来はしたいと思ってるが……」

「今はいやなの？」

「いや、そういうわけでもないが……」

景太郎が愛子の息子のことを言い出しかねているのがわかった。

「あのね……」

小夜は助け船を出すことにした。

「私はお父さまのことが大好き。でもね、もしお父さまが再婚する日が来たら、私は緋蝶叔母さまのところに行きたいなって考えていたの」

景太郎が喉《のど》を鳴らした。

「お父さまがずっとひとりなら、いっしょにいなくちゃって思ったけど、好きな人といっしょになってくれるなら、私をうんと可愛がってくれる緋蝶叔母さまのところに行ってあげたいなって思っていたの。子供が好きなのにできなくて可哀想だと、お母さまがいつも言ってたの。叔父さまのことも大好き。私も叔父さまみたいな人形を作ってみたいし、いっしょにいたら、いつでも教えてもらえるわ」

小夜は穏やかに、よどみなく言った。

「私が再婚したら緋蝶さんのところで暮らすというのか……」

「再婚するお父さまがいやだってことじゃないの。それはわかってね。お父さまは再婚したほうがいいと思っているの。それでお父さまが幸せになって、緋蝶叔母さま達も幸せになれたらいいでしょう？　私はお父さまのことも叔母さま達のことも大好き。昔から私、どちらの子供かわからないように可愛がられてきたし、よく叔母さまの家に泊まっていたわ、小さいころはどちらも私のお家と思っていたくらいよ。だから、どちらで暮らしてもいいし、そんなこと、そう深刻には考えていないの」

実の父と別れて暮らすと思うと辛《つら》い気持ちもあるが、景太郎が幸せになり、緋蝶たちも喜んでくれると思うと、自分の新しい生活に奇妙な興奮さえあった。

彩継の創る、「生き人形」と呼ばれる、その名のとおりの、まるで生きているような人形には、物心ついたときから驚きと恐れがあった。それに、ひとりっ子で育っただけに、父の再婚によって、どんな異母兄ができるのだろうと、期待もあった。

景太郎が、愛子とその息子に小夜を会わせたのは、それからまもなくだった。

愛子はやさしい面立ちのとおり、口調も柔らかかった。小夜は一目見て、景太郎のこれからの伴侶にふさわしい女だと思った。景太郎が愛子に惹《ひ》かれた気持ちがわかるような気がした。

それより、息子の瑛介と目が合うと、心が騒いだ。兄になるかもしれないふたつ年上の瑛介は、中学のときからサッカーをしていると言ったが、躰も大きく黒く日焼けしてたくましかった。瑛介の胸元から男の匂いがしてくるようで、小夜は長く目を合わせていることができなかった。

それから半年、翌年の三月に景太郎と愛子は再婚し、瑛介も深谷姓になった。同時に小夜は緋蝶たちの養女となり、柳瀬姓となって高校生活をスタートさせた。

2

「小夜ちゃんは本当に着物がよく似合うわ。紫は高貴な色なのよ。これからいろんな着物を着せたいわ」

小夜の着ている加賀友禅は、緋蝶が結婚したころ、彩継が気に入って仕立てさせたものだった。

背後で人の気配がした。

ふたりが振り返ると、藍染《あいぞ》めの作務衣《さむえ》を着た彩継が立っていた。

「あら、いつお帰りになったの？」

行きつけの骨董屋〈卍屋《まんじや》〉に顔を出してくると出かけた彩継の帰りが、いつになく早い。

「その着物、久しぶりに見たな」

彩継は小夜の友禅に目を凝らした。

「かれこれ十五年ぶりかしら。小夜ちゃんが着物が似合うのはわかっていたけれど、こんなに、この着物が似合うとは思わなかったわ」

緋蝶は自分のことのように誇らしげに言った。

「お養母さまの手作りのリボン、とってもステキでしょう？　凄《すご》く気に入ってるの。ほら、見て、お養父さま」

小夜はくるりと背中を向けた。

「それはいい生地だぞ。緋蝶が古裂《こぎれ》をくれと言ったとき、人形に使う大切なものだからと言ったら、小夜のリボンを作ると言われたから、それじゃあ、どんなに高価なものでもやるしかないと思った」

「そんなに高価なものなの？」

「私にとってはな。だけど、小夜にならどんなものも惜しくない。何でも提供しよう」

彩継が笑った。

緋蝶より十七歳も年上の彩継は、今年、還暦を迎える。まだ髪には白いものも少なく、繊細な人形を創っているにしては、がっしりとした躰をしていた。

彫りの深い顔、濃い眉、精力的な顔立ちは、芸術家というより、武道家の方が似合いだ。

「こんなに似合うなら、いくらでも私の着物を着せてみたくなったわ。着せ替え人形にしたいくらい」

「娘にお古ばかり着せるつもりか。私がいくらでも新しい着物を買ってやる。なあ、小夜」

彩継は小夜に味方するように言った。

「お養父さま、このリボンが高価なものなら、この着物だって高価なはずでしょう？　新しいものがいいとは限らないって教えてくれたのは、お養父さまよ。お養父さまが創ったお人形に着せてある着物の生地は、必ず古いものから選ぶんだってことも教えてくれたじゃないの。昔のものはいいものが多いって。古裂の入った箪笥《たんす》、お養父さまの宝物ですってね。あ……わかったわ」

小夜はいたずらっ子のように唇をゆるめた。

「お養父さまは小夜のことよりお人形さんのほうが可愛くて、それで、この着物だって、いつか、お人形さんの着物に仕立てようと思ってらっしゃるのね。だから、新しいものを買って、古い着物を私に取られないようにするつもりなんでしょう？」

「まあ」

緋蝶が笑った。

「何とおっしゃるつもり？」

細くなった緋蝶の目が彩継に向いた。

「小夜より可愛いものがあるはずがない。でも、人形が可愛くないこともない。どっちも可愛い。そのうち、小夜とそっくりの人形を創るからな」

「嬉しい！」

小夜がはしゃいだ声を上げた。

「お友達が羨《うらや》ましがるわ。大先生の作だもの。小夜の人形が出来たら、他の人に売らないでね。でも、それじゃあ、お仕事にならないのね」

小夜は落胆したような表情を浮かべた。

「ふたつ創ればいいんだ。ひとつしかないうちは売ったりしない。約束しよう」

小夜の顔に笑みが戻った。

「きょうはお帰りが早かったんですね。卍屋さんにお気に入りはありませんでした？」

「ああ、たいした人形じゃなかった。いい人形が入ったというのは口実で、話し相手がほしかったんだろう」

卍屋は明治時代から続いている骨董屋で、今の主人の須賀井宗之《すがいむねゆき》は小夜の亡き母の同級生だ。

信用の篤《あつ》い老舗だけに、ときおり、とてつもない品物が入ってくることがあった。

あるとき、昭和初期の平田郷陽《ひらたごうよう》の市松人形が入ったと、須賀井が興奮した面持ちで人形を抱いてきた。

今どき、市松人形の最高峰と言われていた郷陽の人形など手に入るものかと、贋作《がんさく》と思っていた彩継は、実際に目にして本物とわかり、須賀井どうよう、昂《たか》ぶりを抑えきれなかった。

いったい誰から誰の手に渡ってここまできたのか、この世に存在しているはずの郷陽の作品のすべてが掲載されているカタログにも載っていない、幻の逸品だった。

どんなに高くても手に入れたいと思ったが、意外と安価に譲ると言われ、彩継は面食らった。郷陽がいかほどの人物か、つまり、その市松人形がどれほど価値のあるものかわからない者が所蔵していたらしく、気抜けするほど安く手に入れたのだと須賀井が言った……。

「こんなに早くお帰りになったのなら、卍屋さんの話し相手にもなりませんでしたね」

緋蝶は、卍屋さん、と屋号で呼び、彩継は、卍、と気安く呼んで懇意にしていた。

「あいつ、小夜のことを聞きたかったらしい」

「私のこと？」

小夜は首を傾げた。

正月など、小夜が両親とこの屋敷にやってくると、須賀井は先に来ていて、座敷で緋蝶の手作りのお節《せち》を食べながら、日本酒を美味《うま》そうに呑んでいることがあった。

「小夜のお母さんと同級生だっただろう？　小夜のことを心配しているんだ。だったら、私に訊かずに顔を見に来いと言っておいた」

「あの小父さま、お正月に会うと、私に必ずお年玉をくれてたんだけど、まだ小学生にもなっていなかったのに、お年玉の袋に一万円も入ってて、お父さまに叱られてたわ。それをお母さまがとりなしてたのを覚えているの。どうして小父さまが叱られるのかわからなかったけど、小夜ちゃんの使えないお金を渡して悪かったなって、それの代わりに十円玉と百円玉をいくつか袋に入れ替えてくれて、私、小父さまがまちがったから叱られたんだと思ってたの。今なら、多すぎるからって叱られたのがわかるけど」

そのころの小夜にとっては、自分で使える小銭のほうに価値があり、一万円札はただの紙切れにすぎなかった。

「卍は小夜のお母さんと同級生だし、早く逝きすぎたと心を痛めてる。残された小夜のことも心配してくれてるんだ」

「そう、心配してくれてるの……お母さまがいなくなって、小父さまも淋しいでしょうね。とっても楽しそうにお母さまと話していらしたし」

須賀井は景太郎がいないときは胡蝶と陽気に話していたが、いると意識してか、遠慮がちだった。

「あなた、ちょうどよかったわ。お留守番して下さる？　小夜ちゃんと、ちょっとお買い物に出かけてきますから」

「どうせ、白玉あんみつでも食べに行くんだろう」

「そう。どうしてわかったの？」

小夜が肩を竦《すく》めた。

「あなたは甘いもの、お嫌いだから。でも、私達だけいただくと悪いから、行き先を言わなかったのよ」

「ああ、遠慮しておく」

彩継は玄関までふたりを見送った。小夜の後ろ姿は、緋蝶や亡き胡蝶にそっくりだ。

小夜が養女になって、まだひと月足らず。養父の顔をして接しているが、血が繋がっていないということもあり、奇妙に彩継の血は騒いでいる。

景太郎は出張が多かった。胡蝶はそんなとき、たびたび小夜を連れて泊まりに来た。

双子のようによく似た美形の姉妹だった。だが、いくら似ているとはいえ、性格も雰囲気も微妙にちがう。彩継は、緋蝶を夜な夜な愛しながらも、胡蝶を抱きたいという思いにとらわれ、緋蝶の目を盗んで、小夜といっしょに風呂に入っている胡蝶の後ろ姿を覗《のぞ》き見たことがあった。

病気がちだった胡蝶の肌は透けるように白かった。脱皮してすぐの蟬《せみ》の羽のように、神々しくもあった。

連れ合いの緋蝶に深い思い入れを持ちながら、胡蝶にも強く女を感じている彩継は、悶々としながら胡蝶のことを考え、緋蝶に気づかれないように胡蝶そっくりの人形を創りあげた。

背中のほうしか盗み見ることができず、胸や腹部は想像するしかなかったが、数え切れないほどの人形を手がけてきただけに、そして、緋蝶とそっくりの姉妹だけに、おおよその想像はついた。

胡蝶人形は妻の緋蝶にも秘密裏に、いちばん奥の工房で一周忌のころに完成した。

奥の工房は、緋蝶にさえ自由に出入りを許していない。緋蝶との妖《あや》しい性の儀式に使うことはあっても、それは、彩継もいっしょにそこにいるのが前提で、緋蝶ひとりで勝手にその部屋に入ることは許さなかった。

誰もその存在を知るもののいない人形を、彩継はこっそりと愛し続けた。

胡蝶が亡くなったとき、彩継も激しく動揺した。胡蝶の裸の後ろ姿しか見ていないことが悔やまれた。永遠に胡蝶の総身を見ることができなくなったのだ。あのとき、人形作家として絶望しただけでなく、男として一生の悔いを残したのだ。

小夜が養女になるなど、それまでも、胡蝶亡き後も考えたことはなかった。

景太郎に話があると言われて緋蝶と家に寄ったとき、話の成りゆきから、

『小夜ちゃんを私の子供にしたいの』

そう言った緋蝶に驚いた。

あのときは、小夜の養父になるという意識より、胡蝶が産んだ胡蝶にそっくりの女を手元

に置けるという昂ぶりのほうが大きかった。

小夜と暮らしはじめて、まだひと月足らずだというのに、養父の顔だけしかできないのが辛くなってきた。

小夜が生まれたときから、子供のいない緋蝶は我が子のように可愛がり、ときどき風呂にも入れていた。

彩継も小夜を風呂に入れたことがあった。誰に不審の目を向けられることもなく、姪の躰に触れ、全身を洗った。無毛のくぼみは可愛いというより妖しかった。

いつから小夜は彩継と風呂に入らなくなったのか、その境目がぼんやりとしていて思い出せない。

彩継は廊下を伝って、玄関からいちばん遠い仕事部屋に向かった。

小夜がやってくるとわかったときから、古い家を少し改築した。すべて和室だったのを、小夜の部屋を洋間に、自分たちの部屋にしていた二間続きの和室を、一部、洋間に造りかえた。

鍵《かぎ》のない和室に危惧《きぐ》したからだ。緋蝶とのアブノーマルな営みを考えると、鍵がなければ落ち着かない。

彩継達の部屋は手前を洋風の雰囲気にし、奥は今までどおり畳敷きにして、そこで休むことにした。彩継には、ベッドで休む緋蝶は考えられなかった。長襦袢《ながじゅばん》で休ませている緋蝶には、布団以外、似合わない。

玄関から真《ま》っ直《す》ぐに廊下が伸び、その右手に和室の他に、台所や食事室、浴室などがある。左手の玄関に近いところが小夜の部屋、次が八畳の和室、その次が夫婦の寝室になっているが、小夜の部屋と八畳間の間には左に折れる廊下があり、床の間と濡《ぬ》れ縁つきの八畳の和室があった。

玄関から伸びている廊下を、夫婦の部屋を通り過ぎて、さらに真っ直ぐに進むと左右にも和室があり、その先に中庭があった。突き当たりが工房だ。

胡蝶と結婚したとき、骨董品などが置かれていた蔵が気に入り、そこはほとんど手を加えずに照明を換え、その手前に屋敷に見合う古い材木などを使って広めの工房も建て、屋敷と廊下を挟んで繋いだ。

工房には作りかけの人形や粘土、石膏、刃物類、刷毛《はけ》やヤスリなどが、所狭しと並んでいた。

奥の部屋になる蔵の外壁は、白い漆喰《しっくい》を塗り替えると、見ちがえるほど立派になった。蔵の中は、造られた当時のままではないかと思えるほどきれいだった。掛け軸や皿などの骨董品の他に、衣類や文書類を収納していたもので、当時の主の富の象徴だったのかもしれない。

蔵は収納したものを火災や湿度、乾燥から守るために建てられたものだけに、大切な人形や古裂をしまっておくには、これ以上の保管場所はなかった。

漆喰で塗り固められた分厚く重々しい観音扉を開いて中に入るには、頑丈な閂《かんぬき》を外して開け、さらに、その内側の板戸をひらく鍵を開けなければならない。外側の観音扉は、いつも左右に開いていたが、板戸には鍵がかけられ、彩継の出入りのたびに開閉された。

高い窓の漆喰塗りの扉はいつも開け放たれているが、外からの侵入を阻むため、鉄格子が塡《は》め込まれていた。

工房を横切り、蔵の板戸の鍵を外した彩継は、外からの侵入を阻むため、いつものように内鍵をかけた。

やや曲線を描いた黒ずんだ巨木の梁《はり》が、歴史の重みを感じさせ、古い時代の空気が、そのままそこに澱《よど》んでいるようだ。

人形制作のときは、照明を最大限に明るくするが、そうでないときは、やや明かりを落とし、お気に入りの人形と過ごしたり、緋蝶を辱《はずかし》めて獣のときを過ごした。

一角に、特別誂《あつら》えの桐の箱が並んでいる。ちょっと見には棺桶《かんおけ》のようにも見える。それほど大きな桐箱だった。

彩継はためらいなくひとつの桐箱を開けた。

身長八十センチほどの人形は、生きている幼女そのものだ。おかっぱの黒髪、ぱっちりと開いた目。ツンと尖《とが》った上唇……。

まだ汚れを知らない天使のような顔を持つ人形は、小夜の幼少の姿そのままだ。

人形には、花車が豪華に描かれた紅い着物が着せられていた。帯は黒地、帯締めは紅、帯揚げは萌葱色《もえぎいろ》、懐には朱色の筥迫《はこせこ》、帯締めには末広を刺している。

七五三のときに訪ねてきた愛らしい七歳の小夜が印象に残り、幼いながらも、すでに妖しい女が秘められていた昂ぶりに、こっそりと制作した。小夜の人形があるのを緋蝶も知らない。もし知っていたら、小夜を幼女にするのを危惧したはずだ。

彩継は古裂を入れている桐箪笥から、血のような色をした緋の長襦袢を出して床に広げると、慎重に桐箱から出した人形を横たえた。

「小夜、おまえがここに来てくれるとは思わなかった。こんなに愛らしかったおまえが、私の娘になってここで暮らすようになるとは」

彩継は着物の裾《すそ》を左右にまくり上げていった。緋色の長襦袢も竹の子の皮を剥《は》ぐように左右にまくっていく。

自分で創った人形でありながら、隠れた部分を晒《さら》け出すとき、いつも彩継の指先は震えそうになる。

人形を創るときは、決して細くはない指先が、精密な機械のように、たった一本の髪の毛さえ寸分の狂いもなく植え込んでいく。職人が物を創るときの目ではなく、愛するひとりの人間に対するときと同じ、震えるような興奮に包まれながら、彩継は小夜の人形を形作っていった。

制作過程の人形を、他人は「物」と見るかもしれない。仕上がった人形さえ、見る者にとっては物でしかないのかもしれない。だが、彩継にとっては、人形を創りはじめたときから粘土さえ、単なる材料ではなく、魂が込められ、ひとつの命を育《はぐく》みはじめた。

女が受精し、十月を経て出産するように、創りはじめたときが受精で、制作過程は体内で育まれる妊娠期間なのだ。そして、出来上がったときが出産で、ひとつの命が産み落とされ、この世で息をしはじめる瞬間だ。

世間から高い評価を受けている彩継の「生き人形」は、国内だけでなく、アメリカやヨーロッパでも何度も展示され、そこでも驚きをもって迎え入れられた。

世間に向けて創作する人形も精魂傾けているが、彩継には、もうひとつの人形作家の顔があった。

同じ生き人形でも、さらに生々しい性を持つ女達で、秘部さえ巧妙に創られ、恥毛の一本一本さえ丹念に植え込まれていた。

それは彩継ではなく、鳴海麗児《なるみれいじ》という別の人間が制作していることになっており、一部の好事家達の垂涎《すいぜん》の的になっていた。その好事家達でさえ、彩継と麗児が同一人物と知っている者はほとんどおらず、信頼できる一部の者だけに知らされていた。

彩継が麗児と同一人物ということを悟られないために、その人形を好事家達に仲介しているのが、卍屋の須賀井だった。

彩継の指が小夜人形の長襦袢の下前をまくり上げると、腰が現れた。帯を解かないままだが、秘部のワレメは十分に見える。

秘部のワレメを創る作家が珍しいわけではないが、麗児の名で創ったものは、秘口に指さえ入れることができた。その器の中は、ぬめりを帯びたような生々しい感触さえあった。

幼い小夜の秘部には一本の恥毛もなく、白いほっこりした土手が盛り上がっているだけだ。

彩継がいっしょに風呂に入ったときに見た小夜の陰部だ。

躰を洗ってやる振りをして、肉のマンジュウの内側まで指を這《は》わせたことがあった。くすぐったいと身をよじった小夜は、彩継の淫猥《いんわい》な行為に気づくはずもなかった。

後になって、中までくつろげて見なかったことを口惜しく思った。幼い子供を上手《うま》く騙《だま》すことは容易だったはずだ。

あるかなしかの愛らしい花びらや肉のマメの感触が、ときどき中指の先に甦《よみがえ》る。実の娘がいても同じことをしただろうかと、ときどき考えることがあった。

「小夜……もうココに若草のような毛が生えているんだろう？　もうじき十六になるんだからな。だけど、まさか、男なんか知っているんじゃないだろうな。よほどの男でないと、おまえに触れさせるわけにはいかない。緋蝶や胡蝶に似たおまえは、特別の女なんだ。私をこれほど夢中にして、心臓さえ動いているような、血液さえ巡っているような人形を創らせたのは、おまえが、まだこんな小さいときから私を昂ぶらせるような特別の女だったからだ。いつかおまえの躰を見たい。いや、毎日でも見たい。成長していくおまえが同じ屋根の下にいるのに、触れられないとは残酷だ。そうだろう？」

彩継は何度も何度も本物そっくりの土手を撫《な》でまわした。そして、荒い鼻息を噴きこぼしながら、ワレメを指で辿《たど》った。その奥に、やっと指一本を押し込むことができる秘口があった。繊細な肉の柔らかさを出すために、指の当たる表面は、シリコンに似た物質で精密に創られている。

彩継の指が、ようやく沈む幼いくぼみに入り込んだ。第二関節までしか沈まない。故意に浅い行き止まりを創ったのは、幼さを表すためだ。

指を押し込むとき、幼い小夜の眉間《みけん》にわずかに皺《しわ》が寄り、唇もかすかにひらいたような気がした。

彩継の股間のものが反り返った。

3

広すぎる屋敷は、夜になると小夜を淋しがらせた。

よほどのことがない限り、朝と夜は三人いっしょに食卓を囲んでいる。胡蝶が亡くなってからの景太郎とふたりだった生活を考えると、今の生活は賑《にぎ》やかになったようだが、夜の帳《とばり》が下りはじめると、逆に侘しさがつのった。

はじめはなぜかわからなかったが、屋敷を囲む広い庭があり、隣家が離れているからだと、やがて気づいた。

胡蝶とよく屋敷に泊まったが、そのときは一度も淋しいと思わなかった。やはり、胡蝶がいないからだろうかと、小夜はひとりになった部屋で考えることがあった。

和室しかなかった古い屋敷だが、小夜が養女に決まってから、彩継が積極的に和室を洋間に改装したのだと緋蝶に聞いた。

大きめのクロゼットのついた部屋にはセミダブルのベッドが置かれ、天井も壁も目にやさしいベージュ色でまとめられ、小夜は初めてこの部屋に入ったとき、歓声を上げた。

机以外に長椅子も置かれ、その上に、彩継の創った人形が二体、置かれていた。見るからにいたずらっ子らしい男女の人形で、小夜は思わず笑みを洩《も》らして抱き上げた。

生きているような人形といっしょにいるだけで、淋しさと無縁でいられるとも思った。しかし、今はなぜか淋しい。

（お養母さまといっしょに休みたいわ……）

小夜はベッドに横になったものの、目が冴《さ》えていた。

飛鳥《あすか》と翔《しょう》と名づけた人形を両脇に置いて腕枕してやりながら、小夜は深い溜息をついた。

高校一年生ともなれば、大人の世界のことも少しはわかってくる。子供がいない緋蝶達だが、夫婦の営みがなかったわけではないことぐらいわかる。子供ができなかった緋蝶の淋しさは、亡き胡蝶から何度も聞かされた。

緋蝶は四十三歳とは思えないほど若々しく、せいぜい三十代半ばか、ときには前半にさえ見えることがあった。まだ女を十分に意識させる緋蝶に比べ、彩継はいくら健康的だとはいえ、還暦を間近にしている。まだ男を知らない小夜は、ふたりの間では、すでに男女の営みは終わっていると思っていた。

それでも、胡蝶と景太郎がいつもいっしょに休んでいたように、夫婦は同じ部屋で休むものなのだと思っていた。緋蝶達が実の親でないだけに、いくら淋しさがつのっても、部屋をノックしていっしょに休みたいとは言いにくい。

小夜はまた溜息をついて天井を眺めた。

景太郎と暮らしはじめているふたつ年上の兄、瑛介の顔が浮かんだ。小夜が緋蝶達の養女となって柳瀬の姓になったからには、景太郎の後妻に入った愛子の息子との関係はどうなるのか。

血の繋がりがなく、籍もちがうので異母兄妹ではないだろう。しかし、景太郎を父にした瑛介と、実父であることは生涯変わらない小夜の立場からして、やはり、ふたりは兄妹だろうか。

初めて会ったとき、日焼けした瑛介の顔からこぼれる白い歯が眩《まぶ》しかった。動悸《どうき》がした。瑛介といっしょに暮らすことになったら、いったいどんなことになっただろう。兄と呼ぶ人なのだとわかっていても、異性を感じた。後ろめたかった。柳瀬の養女になることはないと、景太郎と愛子に何度も言われたが、瑛介と会って、いっしょに暮らしてはならないのだと予感した。

養女になるのは景太郎の再婚とは無関係で、緋蝶達の長年の望みを叶《かな》えてやりたいのと、幼いときから行き来していた愛着のある椿屋敷に住んでみたいからだと、小夜は言った。しかし、もしかすると、最終的に養女の道を決意させたのは、瑛介の存在だったかもしれない。

初めて異性に胸をときめかせたのは小学校三年生のときだ。それからも何人かの異性に心弾ませた。だが、決してふたりきりで会うことはなかった。

自分でもよくわからないが、恋にのめり込むことに、得体の知れない怖れがあった。異性が怖いのではなく、自分自身への怖さがあった。言葉ではうまく言い表すことができないが、そこに近づいてはならないという赤い信号が、躰の奥底で点滅しているような気がした。

瑛介に会ったとき、それまでにないほど大きな危惧を感じた。それが何なのか、どこからきているのか、今も小夜にはわからない。

いつになく寝つかれなかった。

廊下で人の気配がした。

小夜は枕元の明かりを消した。

ノブを動かす音がした。

小夜は寝息を立てて眠ったふりをした。薄く目を開けてみると、彩継だった。小夜の寝息を確かめて出ていったのがわかった。

心配してくれているのだと思い、なんとか眠らなければと思った。食後に飲んだコーヒーのせいだろうか。いくら目を閉じても休めない。よけいなことばかり浮かんでくる。

やがて、喉の渇きを覚えた。

午前二時。横になってすでに二時間経っている。こんなに眠れないのも珍しい。

小夜はそっと廊下に出た。

キッチンに向かい、冷たい水を飲んだ。窓の外には闇が広がっている。すでに花の終わった椿の木と闇が溶け合い、深い暗黒の世界をつくっていた。

不安が掠《かす》めた。いつにない恐怖に包まれた。

叱られてもいい。緋蝶たちといっしょに休みたい……。

小夜はキッチンを出ると、夫婦の部屋に向かった。

ノックしようとして、ノブをまわすと、難なくひらいた。

「お養母さま……お養父さま……」

遠慮がちに呼んだが、何も返ってこない。

「お養母さま……」

闇に目を凝らしたが、人の気配がない。

衝立《ついたて》で遮られた先に畳の間があり、ふたりは布団で休んでいるはずだ。

胸を掠めた不安は、ふたりに異変があったからではないのか……。胸騒ぎだったのではないか……。

彩継が小夜の部屋にようすに見に来たときから、一時間ほど経っている。

小夜は不安に駆られながら衝立まで進み、その先を覗いた。

敷き延べられた布団は空だった。ホッとした。ふたりは工房なのだと想像できた。

こんな夜中だが、作家というものは気まぐれで、時間など関係なく、制作したくなれば仕事をするものだと彩継と緋蝶に言われていた。

アイデアは突然浮かんでくるものだということも聞いた。人形を創るのにアイデアがいるのだろうかと、そのとき小夜は不思議だった。

彩継は緋蝶さえ寄せつけないで制作に没頭することもあるが、緋蝶に手伝わせることもあるということも聞いている。

ますます頭が冴え渡った小夜は、仕事をしているふたりをひとときでも眺めれば安心して眠られるだろうと、工房に向かった。

星は出ているが月はない。工房への渡り廊下に、うっすらと明かりが灯《とも》り、足元を照らした。

工房から何の音も洩れてこない。人形制作は静寂の中で進行するだろう。それに、外の音が入ってきて集中力の邪魔になってはと、防音には気を使っているとも聞いた。

『お仕事している工房には、決して黙って入っちゃだめよ。それだけは約束してちょうだいね。大事なところで手元を狂わせて、それまでの苦労が水の泡になってしまうと困るから。

ちゃんと鍵をかけて仕事をしていることもあるけど』

胡蝶に何度か言い含められていた。彩継にも同じことを言われた。

中から鍵をかけられていたら引き返すしかない。だが、もし施錠していなければ、ふたりの姿を見たい。それだけで安心できそうだ。

不安や心細さに掌《てのひら》が汗ばんでいる。手にしているハンカチを握り締めた。叱られるかもしれないと逡巡したが、ノックしないで引き戸を開けた。

天井の照明は消え、床の和紙のスタンドが仄《ほの》かに灯っているだけだ。そんなところで細かい仕事はおろか、手元さえ見えるはずもなく、ふたりの姿はなかった。だが、奥の蔵から異様な声がしたようで、心臓が大きな音をたてた。

また不安が掠めた。

工房に入り、まだ足を踏み入れたことのない奥の蔵まで、つまずかないように用心深く進んでいった。

そこが緋蝶も勝手に出入りできない蔵だということを聞いていただけに、なおさらこの機会にこっそり覗いてみたかった。ふたりの姿を確かめたら、すぐに部屋に戻るつもりだ。

音をさせないように細心の注意を払いながら、ひらいている分厚い観音扉に近づいた。

いつもは鍵がかかって閉まっているはずのその内側の板戸に、わずかな隙間《すきま》があった。ほんの一センチほどだ。そこから中を覗き込んだ。

驚愕《きょうがく》の声が出そうになり、慌てて口を塞《ふさ》いだ。怖ろしいほど動悸がした。

裸の緋蝶が、紅い縄で後ろ手にくくられている。乳房の上下にも紅い縄がまわり、ふたつのふくらみを絞り上げていた。

足先だけ白い足袋に包まれた緋蝶の黒髪は、幾筋も乱れて頰《ほお》や首筋に落ち、汗で張りついているのもわかった。

太い柱に背を預け、横座りになっている緋蝶は、咎人のようだ。

「かんにん……あの子に知られたら……ねェ、もう許して」

眉間に皺を寄せた緋蝶の哀願に、小夜は、何が起こっているのかわからず混乱した。

昼間、何ごともなかった。夕食も、いつものとおりだった。

あまり遅くならないうちにお休みなさいと緋蝶に言われ、ふたりより先に自室に入った。

それからふたりの間に何かあったのか。どう考えてみてもわからない。

「小夜はよく眠っていた。今ごろ夢を見ているだろう。小夜が来たというだけで、よくもひと月以上、思いどおりにさせてくれなかったな」

「そんな……寝室で何度も」

「小夜を気にしないでいいように、私達の部屋と離したというのに、おまえは以前のような声も出さず、躰も硬く、まるでちがう女になったようだった。ここなら小夜の部屋におまえの声は決して聞こえない」

「いや……ね、あの子がいるときは許して……」

「小夜はこれから、ずっとここにいるんだ。小夜に悟られないように楽しむんだと思うと、血が疼《うず》く。きっとおまえもそのうち、前以上に燃えるようになるはずだ。私にはわかっている。おまえの躰には淫《みだ》らな血が流れているからな。おとなしそうな顔をしていながら、どんな女よりアソコが濡れて」

「言わないで……」

緋蝶が彩継から目を逸《そ》らした。

「乳首も勃《た》ってるじゃないか」

紅い舌を出した彩継は、右の乳首の先を舐《な》め上げた。

「あう！」

短い声を押し出した緋蝶が、胸を突き上げた。

「よく感じるな。いましめをされると全身が敏感になるからな。まだ一時間や二時間じゃ、部屋には戻れないぞ。何もかも忘れろ」

片方の乳首を指でそっと玩《もてあそ》びながら、もう片方は舌でチロッチロッと舐める彩継に、緋蝶は声を出すまいとしているが、堪《こら》えきれずに短く喘《あえ》いでしまう。

わずかな隙間から見える異様な光景に、逃げたい気持ちと、すべてを見届けたい気持ちが小夜の中で入り乱れた。鼓動だけがドクドクと打ち続け、足はビクとも動かなかった。

「あああ……いや。いや……そこだけはいや……かんにん……くううっ」

乳首だけネチネチと責める彩継に、緋蝶はますます汗を滲《にじ》ませながら、身悶《みもだ》えた。もともと美しい緋蝶だが、怖ろしいほど艶やかな表情を浮かべ、総身をうっすらと朱に染めていた。

小夜は、これが自分の知らない大人の女の顔なのかと、息苦しさを覚えながら、禁断の営みに見入った。

「そこだけはいやだと？　そことはどこだ」

彩継はわかっていることを意地悪く訊きながら、乳首のほんの先だけをチロッチロッと舐めた。

「はああっ……いや。お願い、そこだけはいや……」

「だから、そことはどこのことだ」

彩継はおぞましいほど執拗《しつよう》だった。

「あう！　乳首だけはいや。ああ、いや。そこだけ触らないで！」

「乳首だけはいやだと？　ほかのところを触れというのか。どこを触ってほしいんだ」

緋蝶はかすかにひらいている唇を動かそうと迷い、何も言えずに押し黙った。

「なんだ、他を触ってほしかったんじゃないのか」

「くっ！　んんっ！」

また乳首だけをねっとりと責めはじめた彩継に、緋蝶が細い肩先をくねらせて、顎《あご》を突き上げて声を上げた。

「かんにん。あなた、許して。アソコを触って。早くアソコを。恥ずかしいところを触って下さい……」

泣き出す寸前のような表情と声で、緋蝶は彩継に哀願した。

「オ××コが疼くか。えっ？」

「ああ……はい……だから、乳首だけはいや。ああ、早く」

「小夜が気になってたんじゃないのか。部屋に戻りたいんじゃなかったのか。えっ？」

緋蝶の顎を掌で持ち上げた彩継は、にんまりと笑った。

「私は恥ずかしい女です……あの子が同じ屋根の下で休んでいるのがわかっていながら、こんな堪え性のないことを……ああ、こんなことがあの子に知られたら……」

小夜は息苦しかった。尋常とは思えない異様な光景を覗いているのを悟られたら怖ろしいことになる。

今さら実父の元には戻れない。喜んで迎え入れてくれるとわかっていても、緋蝶と彩継はどう思うだろう。どう説明すればいいだろう。この秘密の時間を覗いていたと知られてしまえば、二度と今までの関係には戻れない。かといって、このことを景太郎に語れるはずもない。

「おまえはこういうことをされないと生きていけない女なんだ。小夜を養女にしたのは、今までより燃えるためじゃないのか。いつ知られるかもしれないと思いながら、アソコがマグマのように真っ赤になってトロトロに燃えてるんだろう？　そろそろ淫乱なオ××コを見せてもらおうか」

倒された緋蝶が声を上げた。

両手をいましめられていては自由に抗《あらが》うこともできないが、それでも緋蝶は肩先を必死に動かして、何とか起きあがろうともがいた。

彩継が白い太腿《ふともも》を破廉恥《はれんち》に押し広げた。

「見ないで」

緋蝶の羞恥《しゅうち》の声がほとばしった。

黒い縁取りが見えた。

彩継がさらに太腿を押し上げると、縁取りの中から、ねっとりとぬら光るピンク色の女の器官が現れた。

「おう、いやらしいスケベ汁がオシッコのように流れてるじゃないか。尻の穴までべとついて、まったく淫乱な女だ。いやだいやだと言いながら、太い奴がほしくてたまらなかったんだろう？　すっかり毛も生え揃ってきたな。おまえのオケケは、私の仕事になくてはならないものだからな」

彩継はじっと太腿を押し広げたまま、気の遠くなるような時間、秘所に視線を這わせていた。

「ああ……そんなに……見ないで……いや……見ないで。見ないで下さい」

緋蝶の腰がくねりはじめた。

何もせず、ただ太腿のあわいの一点だけを見つめている彩継に、小夜はなぜか興奮していた。

いましめられて破廉恥に見つめられている緋蝶が哀れだと思う一方で、今まで経験したことのない妖しい気持ちに支配されている。

熱い息が鼻からこぼれた。

「下さい……あなたのもの……もう見ないで……そんなに見ないで」

緋蝶は視姦されることに耐えきれず、うわごとのようにしゃべりはじめた。

「恥ずかしいところに、あなたのもの……入れて下さい。あなた……」

彩継はいつまでも股間を見つめていた。

時間が経つほどに緋蝶はますます破廉恥なことを口走るようになり、卑猥《ひわい》に尻をくねらせ、振りたくった。

小夜が想像したこともない緋蝶の姿だった。

「入れて……ああ、疼くの……オマメも中も……どんなことでもします。だから、そんなに見つめないで。して。して。オユビでもいいから入れて。おかしくなる。おかしくなるの。お願い！」

緋蝶がひときわ大きな声で叫んだ。

小夜は心臓が止まりそうになった。

「ようやく素直になってきたようだな。おまえはいやらしいことをするためには、何もかも忘れて私にねだるんだ」

「してしてして。意地悪。早くして。して下さい。いつまでも焦《じ》らさないで」

「ひと月も、よく辛抱できたな。本当は毎日でも、こんなふうにしてもらいたかったんだろう？」

「そう。そうよ。して。して」

焦らされ過ぎた緋蝶は、すでに小夜のことなど忘れ、欲望の虜《とりこ》になっていた。

「舐めろ」

裸になった彩継が、股間から伸びている太いものを緋蝶の口に押し入れた。

初めて勃起した男根を目にした小夜の胸が喘いだ。知識として知っていても、実際に目にすると怖ろしかった。

緋蝶が太いものを頬張っている。小夜の全身の血管は、今にも破裂しそうだった。

「美味いか」

胡蝶がそれとわかるように、咥《くわ》えたまま頷《うなず》いた。

やがて胡蝶の頭から離れた彩継は、女の器官に指を押し入れ、細かく動かしはじめた。

「あああ……はあああ……あはあ……くうう」

切なそうな、それでいてうっとりしたような喘ぎが、緋蝶の唇から洩れはじめた。

小夜には、途方もなく長い時間に思われた。最初からそうだったように、彩継は同じ行為だけを執拗に続けている。

緋蝶がすすり泣きはじめた。

彩継の指の動きに伴って、チュプチュプと可憐《かれん》な音がしはじめた。なぜそういう音がするのか、まだ小夜にはわからなかった。

胡蝶が短い間隔の荒い呼吸をはじめた。

「んん！」

胡蝶の総身が飛び跳ねるように痙攣《けいれん》した。

指を女壺から出した彩継が、そこに口をつけて蜜《みつ》をすすり上げた。

「ぐぐっ！」

緋蝶の口から出たとは思えない太い声が押し出され、またも激しい総身の硬直があった。

「くれてやる！」

太いものが押し込まれた。

「くうううっ！」

ふたたび緋蝶が顎と胸を突き上げて痙攣した。

彩継の腰が動きはじめた。冷徹なほど冷めた目で緋蝶を見下ろしながら、彩継はゆったりと動いていた。

小夜はたまった唾《つば》を呑み込んだ。その音がやけに大きく、我に返った。その瞬間、金縛りに遭ったように身動きできないでいた躰が、やっと動いた。

急いで踵《きびす》を返した。

廊下に出て、手前の工房入口の引き戸をそっと閉めた。
どうやって部屋に戻ったかさえ覚えていなかった。

第二章　白い指

1

「どうかしたのか？」

「別に……」

朝食のとき、彩継に訊かれ、小夜は動揺を押し隠し、動かしていた箸《はし》をとめてこたえた。

深夜に覗いた工房奥の衝撃的な光景が頭にこびりつき、朝まで眠れなかった。それでも、頭の芯は冴えていた。

「そうか、それならいいが、何だか元気がないような気がしたから」

「あら、気がつかなかったわ」

いつもの朝より色っぽく見える緋蝶が、小夜を見つめた。

「だって、いつものとおりだもの」

小夜は笑みを装ったが、頰のあたりが強ばりそうになった。

「どう？　お部屋は気に入ってる？　希望があるなら造り替えてもいいのよ。最初から小夜ちゃんの意見を聞けばよかったけど、お養父さんが驚かせたいって言うものだから」

緋蝶が心なしか上気したような顔を向けた。

「とってもステキだわ……昔は和室ばかりだったから、洋間ができているのを知ったときは何だかとても新鮮で、新築の家みたいな気がしたの。私のためにありがとう……」

「気に入ってくれてるなら嬉しいわ。何でも言ってね。私達の娘になったんだから。わがまま言ってもいいのよ。遠慮だけはしないでよ」

「じゃあ……お友達がうちに来たいって言ってるんだけど、いい？　きょうじゃないけど」

「あら、いいわよ。いつでも連れていらっしゃい。お友達ができてよかったわ」

緋蝶の美しさが際立っている。しかし、それ以外は、いつもと同じ夫婦だ。小夜は、あの光景は夢ではなかったのかと思いはじめた。

白い緋蝶の肌を彩っていた紅い縄。ネチネチといたぶっていた彩継。けれど、彩継がそんなことをするとは思えない。この上品な緋蝶が、淫らなことを口にしていたことも信じられない。楚々《そそ》とした女が、オスを求める獣になることがあるだろうか。

初めて男女の営みを目にするだけでも衝撃的だったというのに、ふたりの行為は、あまりにも異常だった。女と男は、あんなことをすることがあるのだろうか。いくら性の知識が乏しいとはいえ、他の者達が同じようなことをしているとは思えなかった。

景太郎と亡くなった母の胡蝶は、決してそんなことはしなかったはずだ。

「ボーイフレンドはできそうか？　連れてくる友達は彼氏じゃないのか？」

彩継がいつものやさしい顔で尋ねた。

「まあ、あなた、小夜ちゃんがいきなりボーイフレンドを連れてくるはずがないじゃありませんか。女子高なのよ」

「行き帰りには、いくらでも他の学校の生徒に会うはずじゃないか。男の子なら小夜に目を留めて当然だ。なかなか美人だからな。なあ、小夜」

「まあ、あなたったら……連れてくるのは女の子よね？」

「ええ……」

「ふふ、この人は小夜ちゃんのことを、今から心配してるんだわ。ボーイフレンドができたら大変だって。娘を持つ家は、どこも母親より父親が、そういうことを心配するみたいね」

「大事な娘だからな。そりゃあ、うんといい男でないと困る」

「まあ、まだ高校生になったばかりなんですよ」

ふたりの会話を聞いていると、やはり、あの部屋の出来事は夢ではなかったのかと、記憶が揺らいでくる。

　頭は冴えきっているが、気持ちはすっきりしない。

「お養父さま、瑠璃子《るりこ》……あ、それがお友達の名前なの。瑠璃子のお母さまは市松人形を趣味で造ってらっしゃって、だから、瑠璃子もお人形に興味があって、お養父さまの名前もよく知っていて、だから、私が娘だと知ったら羨ましがって、お養父さまにも会いたいし、お人形も見たいって言うの。見せてもらえる？」

「ああ、連れておいで」

「工房も見せてもらえるの？」

「ああ」

「小夜の入ったことがない、いちばん奥の蔵の工房も？」

　蔵の中させ見せてもらえば、あの光景が夢だったのか現実か、はっきりするはずだ。存在しない部屋を夢に見たのかもしれない。

「すまないが、奥の工房はだめだ。大事なものがたくさん置いてあるし、とても大切な仕事をするときに使う神聖な場所だからな。製作途中の人形も置いてあるし、今は、蔵はだめだ。そのうち、奥でやっている大きな仕事が片づいたら、小夜には見せてやろう。友達なら、手前の工房だけでもいいんじゃないか？」

彩継の言葉はやさしかったが、瑠璃子の奥への出入りはきっぱりと拒んだ。

「いつか、私には奥のお部屋、見せてもらえるのね？」

「ああ、もちろんだ」

彩継の目はやさしかった。

怖いもの見たさだ。今はどうしても蔵に入ってみたい。あの光景と同じ空間が広がっているかどうか知りたい。

緋蝶が最後に蔵に入ったのはいつかと訊きたかったが、危ういところで言葉を呑んだ。

「お養父さま、大事なものってなあに？　お養父さまは日本だけじゃなく、世界的にも有名な人形作家だから、うんと大切な秘密のものが置いてあるの？」

「ああ。いくらでも大切なものが置いてある」

「たとえば？」

「保存の難しい立派な古裂もたくさん置いてある。明治や大正、昭和のものは多く出まわっているが、あの蔵には、江戸時代だけじゃなく、上代、中世や桃山時代のものまで置いてある。魂を込めて創る人形だからこそ、それなりの衣装で装わせてあげたいからね」

こよなく人形を愛する彩継の穏やかな言葉を聞いていると、徐々に深夜の風景が夢だったような確信に近づいていった。

「どうして古い裂《きれ》がいいの？　あんまり古い裂より、新しいもので作ったお洋服を着せたほうがきれいでしょう？」

「時代によって染め方も変わってきたんだ。今の時代、人工の染料で染めたりもするし、布でいうと化繊というものもある。だけど、昔は自然のものばかりしかなかった。自然の染料で染めたものは色がちがう。みんなが同じ色と思っているものでも、見比べてみると微妙にちがう。紫なら紫で、私なら、いつの時代に染められた紫かまでわかるんだ」

深い彩継の知識に、小夜はこれまでになく圧倒された。人形の衣装に古裂を使うのは知っていたが、それほどまでの知識を駆使して選んでいるのかと、著名な人形作家の細部までの心遣いに溜息さえ出そうになった。

物心ついたときから彩継の人形を見てきた。その人形達は、それぞれにふさわしい衣装に身を包んでいた。だが、そのころは、単に美しい着物を着せられた人形だとしか思わなかった。

「小夜は着物がよく似合う。ここにいれば、裂のこともよくわかってくる。染めと織りがあって、染めは紅型《びんがた》や更紗《さらさ》や友禅なんかで　織りは縮緬《ちりめん》や紬《つむぎ》や羽二重や……」

彩継は尋ねられるのが嬉しいというように、食事をひととき忘れて、小夜に語った。

「あなた、小夜ちゃんは、これから学校に行かないといけないのよ。早くお食事を終わらせないと遅れるわ」

「おう、そうだったな」

横から口を挟んだ緋蝶に、彩継が苦笑した。

「続きはまた今度だ」

「お養父さまが、今までよりうんと偉い人に思えてきたわ……いえ、今までだって有名な人形作家ということぐらいわかっていたけど、手先がとっても器用な人だから、いいものが創れると思っていたの。でも、いろんな知識もないといけないのね。私もそのうち、お養父さまのようなお人形を創りたくなるかもしれないわ」

やはり、あれは夢だったにちがいない……。

彩継や緋蝶を前にして話していると、深夜の出来事は現実ではなかったのだという気持ちに、ますます傾いてきた。

「小夜ちゃんは小さいとき、ここに来ては、いつも粘土でお人形さんを創っていたわ。紙人形も、とっても上手だったわ。今から勉強すれば、お養父さんより上手になりそうだわ」

緋蝶が唇をゆるめた。

屋敷を出た小夜は、人形作家としての彩継と専門的なことを話したのは初めてだということに気づいた。彩継は著名な作家なのだと、これまでになく意識した。

あの素晴らしい人形を創る彩絲が、緋蝶を紅い縄でくくるとは考えられない。破廉恥なことを口にするとは思えない。亡き胡蝶に似て、決して躰の丈夫ではない緋蝶が、彩継の怖ろしく太いもので貫かれ、平気で朝を迎えられるはずもない。

しかし、あの光景が夢だったのだと思ってみても、まだ未知の世界でしかないはずの男女の営みを、なぜありありと夢に見ることができるのか……。

その不自然さに気づくと、やはり現実ではなかったのかと思えてくる。

授業が始まっても、小夜はいつものように集中できなかった。

もの思いに耽《ふけ》る小夜に気づいた瑠璃子が、

「どうしたの？」

休み時間に怪訝《けげん》な顔をしながら尋ねた。

「別に……どうして？」

「だって、小夜って三回も呼んだのに。四回目にやっと気づいたのよ」

「あら、ごめんなさい……」

「本当のお父さんのことでも考えてるんじゃないの？」

「そりゃあ、毎日、新しいお継母《かあ》さまと幸せに暮らしてくれてるといいなと思うわ。今度のお継母さま、とってもやさしそうで、健康なのが何よりよ。亡くなった母は病気ばかりしていたから」

「いつか、その継母さんの息子……っていうより、小夜のお兄さんに会ってみたいな。サッカーやってて、日焼けして格好いいって言ってたじゃない」

「ええ……」

瑛介なら、周りの女達が放っておくはずがない。スラリとして体格もよく、美形だ。整ったやさしい顔というのではなく、男らしさが全身に漲《みなぎ》っていた。

兄だというのに初対面で心が騒ぎ、会うたびに異性を感じていた自分に、小夜はいつも戸惑っていた。緋蝶達の養女になってからは瑛介だけでなく実父の景太郎にも会っていないが、ときおり瑛介の姿が脳裏に浮かび上がることがあった。

「ねェ、今度の土曜日か日曜日、遊びに行っちゃいけない？」

「お養母さまが、いつでもいらっしゃいって。お友達ができたことを喜んでくれたわ」

「よかった！　カメラを持っていくわ。有名な柳瀬彩継先生といっしょに写って、母に見せびらかすんだ。ね、いいわよね。先生、私といっしょに写ってくれるわよね」

はしゃぐ瑠璃子に、つい笑みを誘われ、小夜は二度も三度も頷いた。

その夜も、彩継と緋蝶には、何の変化もなかった。深夜まで蔵にいてあまり睡眠を取っていないのなら眠いだろうが、そんなようすもない。だが、小夜は夕食が終わると、やけに眠くなってきた。

「体育の授業があったからかしら……まだこんな時間なのに、何だか眠くなったわ」

小夜は口許《くちもと》に手を当ててあくびをした。

「眠いときはお眠りなさい」

「でも、こんな時間から……」

「自然に逆らわないほうがいいんだ。私達に気を遣うことはないんだぞ」

彩継にもそう言われ、小夜は部屋に入ってベッドに潜り込んだ。

目を閉じればすぐに眠りに落ちると思っていたが、また神経が昂ぶってきた。

(夢……現実……夢……現実……夢……)

朝から繰り返し繰り返し、異常な夫婦の光景が脳裏に浮かんでいる。夢では納得できないかと言って、現実とも思えない。

何度も寝返りを打った。

窓から薄ぼんやりした光が入っている。だが、明かりをつけた。

昨日は心細かった。だから緋蝶達といっしょに休みたかった。喉が渇いて水を飲みに行ったはずだ。蔵のできごとが夢なら、水も飲みに行かなかったのだろうか。そこから夢だったのだろうか……。

こうして部屋を明るくしていれば、闇の中にいるより安心して眠れるような気がする。それでも、なかなか眠れなかった。

そのうち、ネグリジェの裾から手が入り、ショーツの中に入り込んでいった。

いつからか、自然に恥ずかしい部分に手が伸び、頻繁に触れるようになった。なぜそこに手が伸びたのか、そのきっかけはわからない。けれど、中学に入学したとき、すでにそんなことをしていた。小学校の五年生からだったか、六年生からだったのか、それを覚えた時期はぼんやりとしている。

徐々に濃くなってきた翳《かげ》りの感触を確かめながら、小夜はショーツを膝《ひざ》までずり下ろした。両手をこんもりと盛り上がった肉のマンジュウにやり、ワレメを左右にくつろげた。

布団の中とはいえ、柔肉をくつろげると、隠れていた秘密の部分が空気になぶられ、それだけでいけないことをしているのだという気がした。けれど、それがそのまま昂ぶりになった。

右の花びらの脇には右の人差し指を、左の花びらの脇には左の人差し指を当てて、ゆっくりと揉《も》みしだきはじめる。

最初のころ、尿意に襲われ、慌てた。だが、それで終わりになることはなかった。不思議な感覚を忘れることができず、翌日もまた同じ行為を繰り返したのは、なぜかはっきりと覚えている。それがいつだったか定かではなくなっているというのに、その光景だけはありありと浮かんでくる。

自然に覚えてしまった行為を数回繰り返すうちに尿意はなくなり、もっと妖しい感覚が体内を駆け抜けていくようになった。

それから、徐々にそれをする日が頻繁になり、いつしか寝る前のベッドでの行為が、習慣のようになってしまった。

いけないことをしている……。いつもそう思うが、やめようと思っても、やめることができずにきょうまできた。

目が冴えて眠れないとき、この行為をすると、すぐに疲れ果てて眠ることができる。瞬間的に駆け抜けていく熱いものが、躰だけでなく心までも虚無の世界に引きずり込んでしまう。その先には深い眠りが待っている。

（いや……そんなこと、いや……）

小夜は紅いいましめをされていた緋蝶を脳裏に浮かべ、すぐに自分に置き換えていた。

秘密の行為をするとき、いつも妄想を浮かべてしまう。今までは、想像上の医者であったりすることが多く、治療と称して恥ずかしいことをされ、いやがりながらも拒むことができず、半ば強引に……というのがおおまかな話の筋だった。

しかし、きょうはちがう。

彩継が小夜に紅いいましめをしていた。

（お養父さま、許して）

（おまえはいけないことをしてるんだ。いつも恥ずかしいことをしてるのは知ってるんだぞ）

（そんなこと……していません）

（嘘をつく気か？　指でアソコをいじっているだろう？　おかしくなっていないか見てみるぞ）

（いや。許して。もうしません。見ないで）

（やっぱりしてたんだな？）

養父に問いつめられ、小夜は言葉をなくしてイヤイヤをした。

（いつからだ？　いつから恥ずかしいことをしてるんだ）

何も言えず首を振るばかりの小夜の太腿を力ずくで割りひらき、彩継がそこを見つめた……。

小夜は、さらに大きく肉のマンジュウをくつろげた。

（見ないで、お養父さま……）

彩継の言葉や動きを勝手に思い描きながら、ひととき止めた左右の指を、花びらをこねるように動かした。

（ああっ……だめ……いや）

躰が熱くなってくる。

小夜は強引に恥ずかしいことをされている妄想をしながら、指で二枚の花びらをクシュクシュと揉み続けた。

近づいてくる……。

あの一瞬のときが、異常な速さで増殖する細胞のように、みるみるうちに大きくなってくる。

（お養父さま、許して！）

（こんなことをしていたのか、こんなことを）

彩継の指が花びらを揺すった。

「くうっ！」

総身が跳ねた。激しい動悸に襲われた。

口を半開きにして眉間に皺を寄せた小夜は、何度も痙攣を繰り返した。

虚脱感に襲われた。

あれは夢だったの……？　お養父さまとお養母さまのあれ……。でも……。

脈が正常に戻っていくなかで、小夜の脳裏に、工房奥の緋蝶と彩継の姿がチラリと浮かんだ。だが、両手を下腹部に置いたまま、すぐに眠りに落ちていった。

2

彩継は小夜の部屋と隣接した和室にいた。

小夜の部屋は玄関からいちばん近く、彩継の今いる和室は、もともと小夜の部屋とは二間続きになっていたが、それを完全に仕切ってしまった。

玄関から真っ直ぐに廊下が伸び、その左右に部屋やキッチンなどがあるが、小夜の部屋とこの和室の脇には、そこから枝分かれするように左に折れた廊下がついていた。今はその廊下の突き当たりが和室の入口になっている。

小夜のために家を改造するとき、彩継は卍屋の須賀井に信用できる者を紹介してもらい、他言無用、妻にも言ってくれるなと、多めの金を握らせて口止めし、この和室も改造した。

小夜の部屋との間の壁に細工し、部屋を覗けるようにしてもらったのはそのときだ。

緋蝶も気づいていない巧妙なからくりの壁は、一見、何の不自然さもない。

床の間つきの部屋だったが、その床の間の部分を地袋にし、その上に花など飾れるように、やや近代的にした。

その床の間の横が押入になっていたが、これをクロゼット風にし、木目の美しい観音びらきの戸にした。このクロゼットの左端の壁が、小夜の部屋の壁にもなっている。

クロゼットの左端の壁の板がほんの五センチ四方ばかり外せるようになっていて、その向こうに、直径一センチばかりの小さなレンズが塡め込まれていた。

マンションやアパートの玄関のドアに覗き穴があり、来訪者を確かめることができるように、その穴からも小夜の部屋の大部分を眺めることができた。

むろん、小夜の部屋から、その覗き穴を悟られては困る。欄間に使われていた豪華な花鳥風月の彫刻を、小夜の部屋のアクセントにと、壁に取りつけることで、それは解決した。

洋間に故意に欄間を使うことで、洒落《しゃれ》た感じが出ていた。小夜もこれを見たとき気に入ったようだった。

覗き穴の向こうにベッドが見える。たとえベッドを移動しても、部屋全体が見渡せるので視野から外れることはない。だが、小夜は彩継が最初置いた場所から、ベッドも机も動かそうとはしなかった。

小夜が屋敷に来てまだ一カ月と少し。こんなに早く、緋蝶とのアブノーマルな行為を覗かれるとは思っていなかった。

不注意だった。自分のせいだ。

結婚して二十年、ずっとふたりきりの生活だった。小夜達がたまに泊まりに来るときは、蔵での営みは控えていた。

それが、小夜が養女としてやってきたために、自分達の部屋でのセックスさえ、声を殺してしかできなかった。緋蝶が小夜を気にしてリラックスできずにいたためだ。とうとう彩継は緋蝶を蔵に引っ張り込んでしまった。

その前に、小夜の部屋に入り、小夜の熟睡しているのを確かめたつもりだった。そのときは眠っていたが、後で目覚めたのか、最初から狸寝入りだったのかわからない。

工房に入ると、厳重に内側から鍵をしていた時期もあった。だが、緋蝶といっしょに入るときは他に入ってくる者もないだけに注意しなくなり、その癖がついてしまったせいか、昨夜、戸は閉めたものの、工房の鍵はしないまま、緋蝶を玩んだ。

終わって蔵を出るとき、蔵の入口の手前に、入るときはなかったピンク色のハンカチが落ちていた。それを目にしたとき、小夜に覗かれたことがわかった。

まだ緋蝶はそれに気づいていない。彩継の胸にだけしまっていた。

ハンカチは彩継が持っている。だが、小夜は彩継に気づかれたとは思っていないだろう。

今朝の小夜は、やはりいつもとようすがちがっていた。あの光景を見てしまったからには、冷静でいられるはずがない。

寝不足のまま学校に行った小夜は、戻ってから睡魔を訴え、夕食後、さっさと部屋に入ってしまった。その小夜がどうしているか、緋蝶が風呂に入ったときを見計らって、ここに来て覗いてみることにした。

緋蝶の風呂は長い。たとえ出てきても、この部屋には来ない。たとえやってきたとしても、クロゼットのなかに入れてある古い着物を取りに来たとでも言えば、不審は抱かれない。

白いネグリジェを来た天使のような小夜は、すぐにベッドに入った。よほど疲れているらしく、すぐに寝入るかと思った。だが、何度も頻繁に寝返りを打っているのが、薄明かりの中でもわかった。

そのうち、明かりが点《つ》いた。

まもなく、下腹部がゴソゴソと動きはじめた。肌布団の動きで、小夜が自分の秘所を指で慰めていることはすぐにわかった。

小夜は目を閉じていた。だが、その表情は豊かに変化した。

小夜が成長期に入っていることはわかっていたが、いくら幼少のときから妖しい女を秘めていたとはいえ、まだ幼虫からサナギになるころだろうという認識だった。

それが、サナギどころか、微妙に眉間に皺を寄せたり、唇をかすかにひらいたりして、悩ましい表情をつくっている。

すでに立派な女の顔をしているのを目にしたとき昂ぶったが、それと同時に、もしや、すでに男を知っているのではないかという疑惑が脳裏を掠め、とてつもない不安に襲われた。

七五三のときの幼い人形を創らずにはいられなかったほど、小夜は素晴らしい女だ。それがどこの誰ともわからない男と交わり、すでに処女ではないとしたら……。

小夜は男を知っているために、ひとり寝が辛いのではないか。彩継と緋蝶との交わりを見て、躰が疼いてしかたがないのではないか……。

今の時代、愛情などそっちのけで、好奇心と遊び感覚で男も女もセックスをしようとする。もし、小夜がつまらない男に貴重な肌を許してしまっていたら……と想像しただけで、怒りや嫉妬が噴き出した。

布団の下がモコモコと動いている。

眉間の皺が険しくなってきた。美しい女だけに、なおさらそれが悩ましい。

小夜は口を大きくひらいて、荒い呼吸をはじめた。

絶頂のときが、すぐ近くにやってきているのが伝わってくる。

先日、午後の庭で、紫の着物を着たやや大人びた小夜を見たとき、股間が疼いた。養女となり、自分の娘となった女への欲情は、獣欲というにふさわしい。だが、数々の美しい人形達を創ってきた彩継の鑑賞に堪えて余りある美貌と雰囲気を備えた小夜だけに、たとえ養女になった女であっても、オスとして躰が疼くのは仕方がない。むしろ、当然のことなのだ。創作する人形のモデルとしても最高の女で、その存在だけでも彩継の心を揺すぶってやまない。

もしかすると、紫の着物を着た小夜の妖しさに心乱れ、緋蝶を久々に工房奥でいたぶってしまったのかもしれない。

血の繋がった緋蝶と小夜。ふたりには男を惑わす血も流れている。

今さらながら、同じ血の流れていた胡蝶に触れないままに死なせてしまったことが惜しまれる。躰を重ねることができないなら、せめて人形のモデルにしたいと頼み込み、秘密裏に一糸まとわぬ総身を眺めればよかった。夫の景太郎にも秘密にすると必死に頼み込めば、日本で著名な人形作家としての立場を理解し、義弟ということもあって、恥じらいながらも脱いでくれたのではないか……。

胡蝶の死後、彩継はそんなことを幾度考えたことだろう。

レンズの向こうでは、胡蝶の血が半分流れている小夜が、破廉恥なことを続けている。

呼吸がかなり荒い。喘ぐ胸元さえ肌布団の上下する動きでわかる。

彩継は股間のものに痛みを感じた。すでに若者のように勃ち上がってひくついている。小夜から肌布団を剝ぎ取って、直にその光景を見たい。ほっそりした指が秘密のどの場所を慰めているのか見たい。

女達がどうやって自慰を行っているか、人それぞれちがうだろうが、片手で肉のマメをいじったり、秘口に指を押し入れるのが一般的ではないのか。

小夜は両手を下腹部にやった。片方の指を秘口に押し込んでいるのなら、すでに処女膜は破れているということだ。しかし、すぐに女壺に入れているようではないとわかった。

小夜は両手を動かしている。女壺に入れて出し入れしているような動きではない。指をどこに置いているのか、どんなふうに動かしているのか、見たくてならないのに見えないもどかしさが、いっそう彩継の興奮を昂めている。

（マメをいじりまわしてるのか……一本の指ではもの足らず、二本でいじくりまわしているというのか……オナニーなど知りませんという可愛い顔をしていながら……やはりおまえには魔性の血が流れているんだ。私がずっと昔、幼いおまえに感じたとおりに……）

小夜の顎がだんだん前のほうに突き出されてきた。口のひらきが、さらに大きくなった。

次に、小夜の総身が硬直し、跳ね、激しく痙攣した。

まちがいなく女の顔だ。まだ十五歳だというのに絶頂を迎え、一人前の大人の女の表情でエクスタシーを味わっている。苦しそうでいて悩ましい顔だ。

今の表情を切り取って、秘密の生き人形を創りたいと、彩継は強烈な思いに囚われた。オスの感情と同時に、いつも人形作家の感情がついてまわる。

彩継はレンズを塡め込んである穴にめり込むほど顔をつけ、小夜を見つめ続けた。

やがて気怠《けだる》そうな表情を浮かべた小夜が、明かりを消すのもそのままに、眠りに落ちていった。

気をやったあとでは熟睡するだろう。そう考えた彩継は、いったん穴を塞いで元に戻し、クロゼットを閉めて和室を出た。

髪をアップにした緋蝶は風呂から上がり、乳房と下腹部をバスタオルで隠して、浴室横の洗面所で湯上がりの化粧水をつけていた。うなじがゾッとするほど艶《なま》めかしい。

「小夜はまだまだ若くて元気なようだが、疲れることもあるんだな。おまえは小夜が学校に行っている間に、たっぷり昼寝したから大丈夫だろう？」

彩継は今見てきた小夜の自慰の光景の興奮が冷めやらないだけに、上擦った声で言いながら、ねっとりした視線で鏡に映った緋蝶の裸体を見つめた。

「私も……今夜はすぐに休みます」

「そうはいかない。まだ続きがあるからな」

唇を歪《ゆが》めると、鏡越しに彩継を見つめた緋蝶が、白い喉をコクッと鳴らした。

「小夜はぐっすり寝ているはずだ。今夜は寝室で続きができる」

彩継はバスタオルに手をかけ、剝ぎ取った。まだ豊かに漲っているふくらみが、ポワンと弾んで目の前に現れた。

「だめ。あなた……小夜ちゃんが来たら……今、ここに来るかもしれないのに」

緋蝶はバスタオルを奪い取ろうとした。彩継が背中に隠した。

「あんなに疲れて眠そうだったんだ。若いし健康なら、もうとっくに眠ってるさ」

「だめ」

緋蝶は困惑の目を向けた。

「緋蝶、勝手なことは許さないぞ。私が望むことは、いつでも素直に受け入れることだ。そんなこと、とうにわかっているはずだ。もう化粧はいいだろう？　このまま部屋に戻るんだ。今すぐに」

緋蝶の手首をつかんで洗面所から連れ出すと、小夜を気にする緋蝶は、怖いものでも見るように玄関脇の部屋に目を向け、息を弾ませて自分達の部屋に急いだ。

そうなると、彩継は故意に歩調をゆるめ、素裸の緋蝶の焦りを楽しんだ。

「早く！　あなた」

「そう急ぐことはあるまい？　今夜は早い。まだたっぷりと時間はある」

彩継はギュッと握った緋蝶の手を離さず、ゆっくりと廊下から自室へと向かった。

3

部屋に連れ込むと、緋蝶はすぐに衝立に隠れた奥の間に逃げ込んだ。

彩継は緋蝶に似合う紅い縄を手に、可愛い獲物に近づいた。

「まだ体が疼いていたんだろう？　いつまでも風呂から出てこないと思っていたが、アソコを念入りに洗っていたんだな？」

「そんな……ね、あなた、こんな時間からくくらないで」

胸の前で交わらせた両手で乳房を隠した緋蝶は、まだ廊下の気配を気にしている。

「素直に言うことを聞かないと、小夜が目覚めるぞ。力ずくがいいか？」

泣きそうな顔をして首を振った緋蝶は、諦めたように力を抜いた。

「両膝を立てろ」

怪訝な顔をした緋蝶の右足首を取り、右手も取った。

「あ……」

何をされるか悟った緋蝶がハッとした。

「手も足も出なくなると、うんと感じるだろう？」

「いや」

また緋蝶が抵抗をはじめた。だが、つかまれた手足を彩継から離すことはできなかった。

彩継は緋蝶をくくりながら、心はここになかった。小夜の部屋に忍び込むため、まずは緋蝶を動けないようにしておこうと思ったまでだ。

右手首を右足首の内側に置いてひとつにしてくくり、左手首と左足首も同じようにくくる。膝を閉じていればいいが、強引に太腿を割れば破廉恥ないましめになる。

緋蝶はすでに抵抗を諦めているものの、両膝をしっかりとつけて、太腿のあわいを隠そうとした。

これまで幾度となく同じことをされてきたというのに、緋蝶にとっては、いつも屈辱的で恥ずかしい。羞恥心がある限り、飽きられることなく彩継にいたぶられる。女の羞恥が彩継を燃え立たせるのだ。そして、緋蝶も、恥ずかしほどに躰の芯が燃え、やがて総身が悦楽の泉の中に溶けていく。

最後は身も心もとろけるほどの快感を与えられるからこそ、どんなに屈辱を受けても、結局は許してしまうのだ。

「緋蝶、ムズムズするか。アソコがもう濡れてるんじゃないか？」

彩継は硬く閉じた膝をこじあけた。

「ああ……いや」

緋蝶は顔を逸らした。

「ふふ、風呂でピカピカに磨いてきたようだな。だが、すぐに濡れてベトベトになるんだ。こうして見ているだけでいやらしいジュースが出てくるんだ。何を期待している。えっ？」

破廉恥に押しひろげて太腿のあわいを見つめていると、みるみるうちに秘口から透明液が溢《あふ》れてきた。

「戻ってきたとき乾いていたら仕置きだぞ」

「待って！」

緋蝶が慌てて呼び止めた。

「どこに行くの？　このままどこにお行きになるつもり？」

「おまえのいやらしいソコを写真に撮りたくなった。カメラを取りに行くだけだ。ドアは開けていくぞ」

「そんな……小夜ちゃんが来たら困るわ。お願い、そんなことしないで」

緋蝶は閉じた足をさらに硬くつけて哀願した。

「衝立の陰になって、たとえドアが開いていても、廊下からはおまえは見えない。それに、小夜はぐっすり眠っているはずだ。何の心配がある」

彩継は緋蝶の戸惑いに快感を感じながら、その場を離れた。

「あなた！」

声を押し殺した、しかし、必死の呼びかけに、彩継はほくそ笑んだ。

廊下に出た。

ドアは故意に開け放した。

緋蝶は彩継が戻ってくるまで緊張し、部屋の片隅で身を縮こませているだろう。

部屋を出た彩継の心は、すでに緋蝶にはなかった。

工房にデジタルカメラを取りに行った。

小夜が自分で気をやって十五分から二十分。絶頂の疲労で、今は深い眠りの中だとわかるだけに、これからのことを考え、昂ぶった熱い血が体内狭しと激しく駆け巡っている。

小夜の部屋のノブを握る手が汗ばんだ。熟睡しているとわかるものの、慎重になる。

煌々《こうこう》と明かりが点いている。覗き穴から覗いたときと同じ状況に、まずはホッとした。

ゆっくりとベッドに近づいた。肌布団のようすも、最後に目にしたときの光景と同じだ。

肩先を軽く揺すった。

小夜は身じろぎもしないで眠り続けている。自慰のためだけでなく、睡眠不足も手伝って、眠りはいつもより深いはずだ。

彩継は肩のやや下まで小夜を覆っている肌布団を、そっとまくっていった。

純白の絹のネグリジェが、今夜はひときわ眩しい。小夜が養女として屋敷にやってくるとわかったとき、緋蝶が選んだものだ。

緋蝶は我が子ができることを喜び、あれこれと小夜のために用意した。服から小物から、呆《あき》れるほど買い込んでいた。彩継も買い物につき合った。純白のネグリジェは、そのときのものだ。

寝顔を見ている限り、小夜は一点の汚れも知らない天使のようだ。純白のネグリジェが、いかにもふさわしい。

だが、すでに自分の指で慰めることを知っている。眉間に悩ましい皺を寄せ、エクスタシーさえ迎えることができるのだ。

さほど大きくない胸のふくらみが見えてきた。一気にまくりたいが、気配で目覚めてはと、慎重にまくっていった。

たとえ目覚めても、言い訳はいくらでもある。明かりが点きっ放しになっていたこと。肌布団がめくれていたから、かけ直そうとしたこと……。

掌にちょうど収まりそうな乳房の中心の、淡く色づいた乳首が、かすかにネグリジェを透かして見える。淡い色だけにぼんやりとしている。

ふくらみをギュッと握り締め、中心の小さな果実を口に含みたい……。

彩継は荒くなってきた息が小夜にかかってはいけないと、顔をそむけて大きな息を吐いた。

そろそろとめくっていくと、ついに下腹部があらわになった。

初めて見る翳りの上に小夜の両手が載っている。曲がった細い指先は、肉のマンジュウにあった。

彩継は掌に収まる小さなデジタルカメラをそこに向けた。まず手を置いているあたりをアップで写し、今度は腰のあたりまで入れた。

ストロボは光ったが、顔には当たらない。小夜は気づかずに眠っている。

ここまで成功した彩継は、大きく息を吐いて心を鎮め、小夜の手をそっと脇にやった。

初めて見る小夜の翳り全体は美しい逆二等辺三角形で、華麗な黒い蝶がとまっているようだ。まだその羽はうっすらと透けている。

地肌の見える花園を、彩継は震えるような感動の中で、もう一葉、アップで写した。次に緊張しながら全身を写した。

小夜が動かないので緊張が解けてきた。

何葉でも撮りたかった。だが、そんな気持ちを抑え、剝いだ肌布団を、そっと元に戻した。明かりを消して部屋を出た。

作務衣の中で勃起している肉茎が、ヒクヒクと反応した。

緋蝶の待つ部屋に戻ると、縮こまっていた緋蝶は動揺し、そのあと、彩継とわかって安堵《あんど》の表情を浮かべた。

「さあ、いやらしいそこを写してやるぞ」

小夜の愛らしくも猥褻《わいせつ》な姿を見てきたことなどおくびにも出さず、閉じた膝をグイッと力まかせに割りひろげた。

すでに蜜は乾いていると思っていたが、まだねっとりと糸を引くほど潤っている。彩継が部屋を出るときの蜜ではなく、彩継を待つ間に湧《わ》き出した蜜だ。

「不安そうな顔をしていながら、興奮していたのか。これからはドアを開けたままにするか。その方がよさそうだな。今から開けてきてもいいぞ」

「いやっ！」

緋蝶は滑稽《こっけい》な恰好のまま、総身でイヤイヤをした。

「さあ、もっと大きくひらけ。奥の奥まで写してやる」

カメラを向けると、緋蝶は膝を寄せようとする。彩継は太腿の間に躰を入れ、さらに自分の膝で両太腿を押しひろげた。

緋蝶はじっとしていることができず、尻をくねらせ、カメラのレンズから中心を隠そうとした。

「動くな！」

「いや」

何度もされてきたことであっても、緋蝶は決して冷静にはなれない。あとで大きく引き伸ばしてプリントされたものを見せられるのだ。何度見ても淫らすぎて恥ずかしい躰の一部だ。

「一度で聞けないのなら、もっと恥ずかしいことをするか」

デッサンの後、軽く色づけするカラーペンは、屋敷のあちこちの部屋に置いてある。横になったときアイデアが浮かぶことは多い。そのために、枕元のペン立てにも、鉛筆や、同様の太さの様々な色のペンが立ててあった。

手を伸ばし、その中からピンクのペンを取った彩継は、

「おまえのアソコの色、こんな色をしている。そこに何か入れられたくて疼いてるんだろう？　動くと怪我《けが》をするかもしれないぞ」

緋蝶の肩先を押してひっくり返した。

「あっ」

短い声を上げた緋蝶は、手首と足首をひとつにしていましめられているので、膝を曲げた恰好のまま、破廉恥にひっくり返ってもがいた。

「細すぎて不満か？」

ぬらぬらしている秘口に、ペンを尻のほうから押し込んだ。

「くっ！」

緋蝶の総身が硬直した。

「さあ、いい眺めを写してやろう」

彩継は一本のペンさえきつく咥え込んでいる秘芯を、デジカメに収めた。

「ああ、いや……」

緋蝶が屈辱に身悶えた。

「おまえのそこと、ちょっとちがう色だったようだな。こっちの色のほうが似ている」

今押し込んだものよりやや濃いめのピンクのペンを取り、それも押し込んだ。

「あう」

緋蝶が顔を歪めた。

彩継はそれも写真に撮った。

「この色ともちがうな。それならこっちか」

今度は朱色のペンを取った。

「ふふ、入るだけ押し込んでやる。二本ぐらいじゃもの足りないだろう？」

「いや」

意地悪く言って、三本目を押し込み、またシャッターを押した。

濡れていた秘芯がますますぬめりを帯びてきた。ねばついた潤みが会陰を伝ってアヌスに流れていく。

四本、五本、六本と押し込むたびに、シャッターを押した。

八本目を押し込んだとき、だいぶ窮屈になってきた。キャップが本体よりやや太いためだとわかり、秘口の外に出ているペンのキャップを、すべて取り外した。また余裕ができた。

九本、十本と押し込んでいく。とりどりの色が美しい。だが、滑稽さは拭《ぬぐ》えない。それでいて、金で買える大人の玩具などを押し込むより淫猥だ。

緋蝶も昂ぶっている。押し込まれるたびに喘ぎ、顔を顰《しか》めながらも、蜜をしたたらせている。

「ああう……やめて……あなた……もうだめ……」

「まだまだ入りそうだ。女のソコは伸縮自在だからな。まだ私のものぐらいの太さでしかないぞ。あと十本は入るだろう。ひょっとしたらここにあるすべてがな」

アヌスを拡張するときのように、細いペンのかたまっている中心に新たなペンを押し込んでいく。ペン全体が一本分周囲にひろがり、挿入しやすい。端に入れようとしてもなかなか入らないのは、これまでの知識からわかっている。

紫色を押し込み、黒も押し込んだ。十四本目でやめることにした。まだ入りそうだが、破廉恥なものをいっぱいに咥えこんだ秘芯を眺められれば充分だ。

一本増えるごとに写した写真をプリントするのが楽しみだ。

「さあ、見てみろ。おまえはこんなものを入れられて悦《よろこ》ぶ女なんだ」

緋蝶のうなじに手をやって軽く起こし、股間を鏡で映した。

「ああ……いや……抜いて」

十四色のペンを突き刺された秘芯が、そのぶんだけ大きく口を開いている。そして、その微妙な隙間からさえ、蜜がトロトロとしたたっている。まるでご馳走を口にして、湧き出した唾液《だえき》が口辺からこぼれているような景色だ。

「抜く前に動かしてほしいんだろう？　こんなふうに」

すべてのペンを鷲《わし》づかみにして、ゆっくりと出し入れした。

「んんん……あは……くうう」

緋蝶の女壺から蜜が掬《すく》い出されるように外に溢れ出た。

しばらくペンで秘壺を責め立てた彩継は、それを抜くと、ようやく自分の剛直を突き立てた。

4

便利な世の中になってきた。

機械文明は目が回るほどのスピードで世の中を変えていく。

この十年、いや、この数年の変化は何だろう。ちょっとよそ見していると、見たこともないものが現れ、操作に戸惑い、生活できなくなりそうだ。

機械に囲まれた生活。その便利さのかわりに失われていくものの大きさ。便利さによって支払わねばならない代償を、いつの日か気づいても、そのときは遅い。

彩継は日本古来から引き継がれているものが好きだ。そして、誰が何と言おうと、日本的な女が好きだ。そんな女さえこの日本から消えていこうとしている。

彩継の創る人形は、彩継の愛してやまない理想の日本の女達だ。

緋蝶と知り合って、姉の胡蝶とも当然顔を合わせ、そのとき、どちらの女を妻にするほうがいいか迷った。

今は緋蝶と結婚してよかったと思っている。胡蝶が妻でも彩継は満足しただろう。だが、胡蝶は景太郎と結婚したからこそ、小夜を生んだのだ。小夜がこの世に存在するには、自分と胡蝶との組み合わせではなかったからだ。胡蝶と結婚していたら、小夜と同じ女はこの世に存在しなかった。

世の中のめまぐるしい変化と機械文明が、ときおり疎《うと》ましくなる彩継だが、デジタルカメラの出現は彩継を驚喜させた。ポラロイドカメラが出たときも嬉しかったが、デジタルカメラで映したものに比べると不鮮明だ。出来に雲泥の差がある。

フィルムを写真屋に頼んだり、自宅で現像液に浸したりする手間をかけず、パソコン上で操作し、簡単に自宅でプリントできる。どんな映像さえ、秘密裏に手にすることができる。大きささも自由だ。

いま目の前のパソコンの画面に映っているのは小夜の下腹部だ。

緋蝶との二時間に及ぶプレイが終わった後も、彩継の目は冴え渡っていた。カメラに写っている映像を、一刻も早く見たかった。

緋蝶はすぐに、ぐっすりと眠り込んでしまった。

プレイ前に写した緋蝶の写真はついでだった。今夜は小夜の自慰を目の当たりにして、いい歳をしていながら、しかも、養父という立場にいながら興奮してしまった。

その興奮を小夜にぶつけることができず、緋蝶をいたぶった。それが終わってしまえば、小夜を前にして切り取った時間を再現してみることに気持ちがはやる。

工房に行き、デジタルカメラの映像をパソコンに映し出した。

小夜の下腹部……。翳りの一部が手で隠れているものや、手を退けたときのもの、全身……。白い絹のネグリジェにも負けないほど。肌の白さが際立っている。

心がはやる。最初の画像を、画面一杯に引き延ばした。

肉のマンジュウに置かれた手が生々しい。マニキュアなど施していないのに、小夜の爪は桜貝のような輝きを放っている。

地肌を透かしている翳りの、やさしいねじれ。つやつやと輝く細い恥毛の健康的な淫猥さ……。

画面を見つめていると、なぜ、そこの匂いを確かめなかったのだと後悔した。

絶頂を極めて二十分ほど経っていたからには、ぬめりも消え、若いメスの匂いも消えていたかもしれないが、無臭のはずがない。汗とメスの匂いの混ざったかすかな残り香を嗅《か》がなかったのは、やはり慌てていたせいか。

二葉目の画像を全面に出した。

まだ大人にはほど遠い女の腰。それなのに、小夜は秘密の場所に手を置いている。喘ぎ、眉間に皺を寄せ、果てたまま、快い疲労のうちに寝入ってしまったときの、そのままの姿だ。

天使のような小夜も、自分の指で慰めているからには、そのうち、ねだるようにこの腰をくねらせるようになるのだ。

他の男に小夜を渡したくないと、彩継は画面を見つめて思った。それは初めてのことではない。どんな男が現れても、彩継の意に叶うはずがない。

いつか小夜も結婚して他の男のものになるという以前のような諦めが消え、養女になったからには、他の男のものにしてなるものかと思うようになっている。

三葉目の画像には、翳りの大部分を隠していた手が両側に退いたものが広がった。見れば見るほど、艶やかで美しい曲線を描いた恥毛だ。薄い翳りを載せた肉マンジュウのもっこりしたふくらみもいい。翳りを剃《そ》ってしまえば、幼女のふくらみと見まがうかもしれない。ワレメをくつろげてみたかった……。二枚の花びらはどんなに美しい形状と色をしていただろう……。

小夜に気づかれないように一瞬の時間を切り取り、ふたたび彩継の目に晒されることになった破廉恥な行為の名残の映像を見ていると、彩継は秘密の部分を見ないままだったことを口惜しがった。

最後の四葉目は全身だ。

膝までずり下ろされた白いショーツだけ見ると愛らしいが、大人の翳りを載せた肉のマンジュウを剝《む》き出しにしている全体を眺めると猥褻だ。

映像を見ているだけでモヤモヤした。

緋蝶も亡き胡蝶も、その血を継いだ小夜も、嗜虐《しぎゃく》の血を持って生まれた彩継の心を虜にする。

彩継が幼いときに覗き見た、母に対する父の淫猥な行為の数々。それを見て父を恨み、母を哀れに思い、同時に激しく疼いた心と躰……。

彩継は父を止めようとはせず、いつまでも母への屈辱の行為を覗き見ていた。いつしか、母もそれを嫌っているのでなく、悦んでいるのだとわかってきた。恍惚《こうこつ》とした母の顔が今もときおり浮かんでくる。

彩継は父の血を継いだのだ。そして、母のような被虐の女を、敏感な嗅覚で嗅ぎ取ることができるようになったのだ。

（小夜のこの毛がほしい……）

黒く艶やかでやさしい曲線を持つ翳りを見つめ、彩継は今の小夜とそっくりの生き人形を創る気持ちをかためた。

さっそくデッサンをはじめた。どんな表情にするのがいいか、何枚も描いた。笑っている小夜。泣いている小夜。恥じらっている小夜。脳裏に浮かぶあらゆる表情をデッサンしていった。

そのすべてを人形にしたかった。一体を完成させるのに一年近くかかる。並行して何体も作れるが、選びに選んだデッサンの中から、一点を選んだ。

三点ほど表情のちがう小夜を創りたかった。目を閉じて眠っている小夜。目を開けて笑っている小夜。悩ましい小さな皺を眉間に寄せている小夜……。

覗き穴から自慰を見つめていたときは、その絶頂の瞬間の表情を創りたいと思ったが、小夜が処女であることを信じて、むしろ、安らかに目を閉じているものがふさわしいと思った。

これから毎年、小夜の成長に合わせて、一体ずつ創っていくのもいい。モデルは同じ屋根の下に暮らしているのだ。

このまま寝るには目が冴えすぎている。

選んだデッサンの一枚を、原寸大に書き換えることにした。これも、いったいどれほどの大きさに創るか、さんざん迷った。

三十センチ、四十センチの小さなものを創る気はない。かといって等身大というのは大きすぎる。今の小夜の身長は百五十センチ弱か。

等身大の小夜を創るより、ひとまわり小さく創ったほうが愛着が持てそうなのはなぜだろう。人と人形のあわいに生きる妖精の妖しさが濃くなる気がする。

鼈甲《べっこう》に蒔絵《まきえ》を施した小振りの髪飾りを挿した奥ゆかしい胡蝶人形も、生前の胡蝶より二十センチほど身長が低い。元々小柄な胡蝶がいっそう可愛く見え、彩継の心を惹きつけた。

小夜の表情が決まれば、頭部創りがはじまる。けれど、何枚もデッサンしたために、だいぶ時間が経っている。

さすがに疲労を感じた。

大事なデッサンを蔵に仕舞い、使わないデッサンは紙吹雪になるほど細かく裁断した。

明日から秘密裏に小夜人形を創りはじめるのだと思うと、いつものように人形作家としての血が騒いだ。

第三章　女友達

1

「中学生のとき、このお屋敷を見に来たことがあるの。話したことあったかしら？」

瑠璃子が椿屋敷の広い庭を歩きながら言った。

「初めて聞いたわ」

小夜ははしゃいでいる瑠璃子に笑みを向けた。

ショートカットが似合う活発な女性で、身長もすでに百六十センチあり、小夜に比べると二つ三つ年上に見える。私生活はスカートが多い小夜に比べ、瑠璃子はジーンズが多かった。眉もはっきりしていて彫りは深く、南国の生まれのように見える。

「お屋敷の中に入れないことはわかっていたけど」

「あら、毎年一週間ぐらい、お庭は近所の人に開放するのよ」

「えっ？　そうなの？　知らなかったわ。だから、そのとき、外から眺めたのよ」

「じゃあ、春ね」

「ううん、凄く寒かったから冬。あんまり咲いてなくて、他の友達と、椿屋敷って言われてるにしちゃあ、少ないんじゃない？　って言ったのを覚えてるわ。こんなにたくさん木があるのにね」

「ね、瑠璃子は、椿はいつ咲くと思ってるの？」

「冬でしょう？　真っ白い雪の上に散ってる椿の写真がよくあるじゃない。ほんとうは雪の日の椿を見たかったけど、雪はなかなか降りそうになかったわ」

椿は春の花。木偏に春と書く。しかし、冬の花と思っている者は意外に多い。冬に咲く山茶花《さざんか》を椿と混同するためだ。椿はおおよそポトリと花ごと落下し、山茶花は花びらが一枚ずつ散っていく。

初冬から陽春にかけて、椿の花期は長いが、多くは春に咲く。十一月の炉開きから春の四月まで、椿は茶花としても、よく用いられる。

侘助など花期が早いが、公園などでよく見かける千重咲きのピンクの乙女椿は、四月が盛りだ。

椿は三月末から四月半ばぐらいまでがいちばん盛りだと、小夜は瑠璃子に話してやった。

山茶花と椿のちがいも話した。

「だから、来年はいちばんきれいなときに見に来るといいわ。椿が好きなら、最初に咲いたときに教えてあげる。何度も見に来るといいわ。種類によって咲く時期がちがうから、それこそ冬にも見られるし。ともかく、ずっと咲いてるわ。ここには百種類近くあるって聞いてるわ」

瑠璃子は、へェ、と感嘆した。

「ここには椿の花、ほとんど全部あるのね」

「そんなことはないわ。椿は日本の品種だけで千三百種類くらいあるんですって。世界中の椿となると、もっとたくさんになるわ」

「そんなに？　小夜は詳しいのね」

瑠璃子は頭がいい。その瑠璃子が唸《うな》るのを聞いて、小夜は自尊心をくすぐられた。

物心ついたときからここにたびたび訪れ、胡蝶や緋蝶に椿のことは繰り返し聞いてきた。いつしか自然に覚えてしまった知識だ。

「このお嬢さまと知り合いになって、このお屋敷に入れてもらえる日が来るなんて、中学生のときに椿を見に来たときは考えもしなかったわ」

「いやね。お嬢さまだなんて」

わざとらしく、お嬢さま、に力を入れた瑠璃子を、小夜は軽く睨《にら》む真似をした。

「ふふ、有名な人形作家、柳瀬彩継先生の娘になったんじゃないの。立派なお嬢さまよ。ママがね、絶対に先生の写真を撮ってきてって。サインももらってきてって。ママって案外、ミーハーなのよね」

瑠璃子が笑った。

「ねェ、絶対にサインしてって言ってね。写真もよ」

「そんなこと、簡単。でも、お養父さまがサインをねだられるなんて、私、何だかおかしくなっちゃう」

小夜はふふっと笑った。

数日前の、工房奥での緋蝶と彩継の間の異常な光景は、きっと夢にちがいないと思うようになっている。そんなにも鮮明な夢を見るのが不思議だ。やはり夢ではなく現実だという思いもないわけではないが、夢だと思い込まなければ、始まったばかりのここでの生活を続けられない。

夢だと思い込もうとする一方で、夜になると心が騒ぎ、気持ちが動揺し、指で下腹部を触らなければ眠れない。それも、以前とちがい、緋蝶と彩継の工房奥での光景ばかり思い浮かべてしまう。

「先生、まだかな」

「そろそろ戻ってくると思うわ。お庭、もういい？」

「池も見たし、鯉に餌もやったし」

「じゃあ、まだ一周してないけど、この先は後にして、中に入る？」

「ええ。先生に早く会いたいから。ああ、ワクワクするな。今夜泊まれるってことは、先生といっしょにお食事もできるの？　みんないっしょに食べるの？」

瑠璃子は有名なタレントにでも会うようなはしゃぎようだ。

洋間のリビングはなく、客を通すのは落ち着いた和室だ。

「私の部屋がいい？　ここは古い家だから、和室しかないの。洋間は私の部屋とお養父さま達の部屋の手前半分だけなの」

「和室ばかりってところが、高級旅館みたいで素敵だし、新鮮。どうせ小夜の部屋で寝るんだし、今は和室がいい。でも、先生の工房、見てみたいな」

「黙って入っちゃいけないって言われてるから……大切なものがたくさんあって、ちっちゃいものなんかが動いたりしてもいけないことがあるからって。お養父さまが帰ってきてからね」

深夜の覗きを思い出した。

（夢……あれは夢……）

そう言い聞かせても、後ろめたさや怖れが、今も消えたわけではない。

ふたりは和室に入った。

二間続きの部屋の間には、松竹梅の見事な彫刻欄間が施されている。

座敷の書院造りの床の間には、青磁の花瓶に、ピンクの牡丹《ぼたん》が生けてあり、書の掛け軸が掛かっていた。

床脇の地袋の上の天板には、木彫りの軍荼利明王《ぐんだりみようおう》が置かれている。躰に蛇が巻きつき、髑髏《どくろ》冠《かん》を戴いているが、見た目にさほど奇異な感じはしない。格調ある和室に同化して、しっくりと落ち着いていた。

「畳の匂いっていいね。広いなァ。家の中で運動会ができるみたい。小夜っていいなァ。この部屋で寝泊まりしてると太っ腹になれそう。合わせて……一、二、三……」

瑠璃子は畳を数えはじめた。

「八畳二間で十六畳か……こんなお部屋がいくつあるの？」

「ええと……五つかな……六つかな。もっとだったかな」

首を傾《かし》げたとき、青竹色の涼しげな紬に若草色の帯を締めた緋蝶が、盆に載せた緑茶と水《みず》羊羹《ようかん》を運んできた。

彩継は思っていたよりずっと素敵な男性で、緋蝶はどんな女優より美しく、やはり小夜に似ていると、瑠璃子が言った。

「いいな。小夜が羨ましい。美しいお養母さんに、格好いい人形作家のお養父さんに、こんなに広いお屋敷。先生はもっと取っつきにくい人かと思っていたの。そしたら、やさしいし、作務衣とか言ってたっけ？　あれも似合ってて格好いいし、いかにも芸術家って感じ。六十歳になんて見えない。まだもてそう。きっともてるわ。あんな感じのオジサマ好きよ。先生とならデートしてもいいって感じ」

瑠璃子は興奮している口調で、いかに彩継が素晴らしい男かと、ひとりでしゃべっていた。

そのうち、ひとときの沈黙が訪れた。

「小夜はもう男の人、知ってる？」

思いもしなかった問いに、小夜は驚いた。すぐに返事ができなかった。

「もしかして、知ってるんだ」

数秒経ったとき、瑠璃子がまた口をひらいた。

「まさか」

慌てて小夜は否定した。

「ふふ、知らないと思ってた」

「瑠璃子は……？」

「どう思う？」

これまで考えもしなかったことだ。だが、瑠璃子は躰が大きいだけでなく、雰囲気も大人びている。はしゃいでいるときは自分より若いぐらいだと思ったりするが、ときどき、大人びた目をすることがあった。

もしかして……。

小夜は初めてそれが、男を知っているせいかもしれないと思った。

「ね、どう思う？」

「……知ってるかも……私より大人みたいだし」

「ふふ、当たり。中学二年の夏休みが最初。初めてのとき、気持ちいいものかと思ってたのに、いいどころか、痛いだけだったわ」

小夜の心臓が音をたてた。

「相手は前から知ってた大学生。ずっとつき合ってたけど、今年、大学を卒業して、遠くに就職したの。どうしてもってほど好きな人でもなかったのかな。だって、別に苦しいほど恋しくもないし、私よりずっと大人だと思ってたけど、きょうオジサマに会ったら、彼なんかつまんない男に思えてきちゃった」

瑠璃子は表情が硬くなっている小夜に、今までとちがう目を向け、唇をゆるめた。

「自分でするほうが気持ちいいかもしれないし。ね？」

小夜の心臓がいっそう速くなった。

「ね、するでしょう？　自分でアレ」

小夜は、あのことだろうかと、毎夜のようにやってしまう行為を浮かべた。けれど、あんなことをやっているのは自分だけだと思っていただけに、返事ができなかった。

「ね、もう高校生になったんだし、自分でしてるでしょう？」

瑠璃子のねばついた目が小夜に絡みついた。

小夜は危険な空気が張りつめているのに気づいた。

「わからないわ……瑠璃子の言ってること」

「本当に？」

「だって……」

「週刊誌にオナニーのことなんかいくらでも書いてあるじゃない」

「週刊誌、読まないから……」

「そうね、小夜が読んでるとこ、見たことない。レディコミも見ないよね？　いつか見せてあげるって言ったのに、小説のほうがいいって断ったし」

小夜は頷いた。

「小説ばっかり？」

また小夜は頷いた。

「信じられない……だけど、確かに小夜は小説ばっかり読んでるよね。ほんとにまだオナニーしたことないの？　あんな気持ちいいこと」

小夜はオナニーという言葉は知っていた。だが、自分のしていることと結びつかなかった。

「ね、教えてあげようか。気持ちのいいこと」

瑠璃子の顔が近づき、唇が合わさった。

小夜の鼻から熱い息が噴きこぼれた。全身の体温が上昇し、動悸が激しくなった。

首を振って逃れようとした。けれど、瑠璃子はさらに強く押しつけてきた。そうしながら、小夜の乳房をつかんだ。

「うぐ……」

瑠璃子が顔を離した。

「心臓がドクドク言ってる。飛び出しそう。小夜って可愛いね。キスしたこともないんでしょ？　キスだって気持ちいいよ」

目に見えない縄にいましめられているようで、小夜は動けなかった。

「アソコにさわると、ほんと、気持ちいいんだから」

ネグリジェの裾から手が入ってきた。小夜は強ばった。

「これから小夜のこと、学校じゃ、いつも守ってあげる。ヤスコって意地が悪そうだし、小夜は可愛くて、こんなお屋敷に住んでるから嫉妬してるみたいよ。だけど、絶対にイジメさせたりしないから」

だから、私の好きにさせるのよ、というように、瑠璃子の手は太腿を這い上がり、ショーツに辿り着いた。

小夜は唇をわななかせて、全身を硬直させた。

「怖い？　大丈夫。いいこと、教えてあげるだけだから」

手がショーツの中に潜り込んだ。

「ここ、見ていい？」

「だめ……」

小夜はやっとのことで掠れた声を出した。

「ここ、見せっこしない？　あ……私よりここのヘア、柔らかいみたい。それに、私より薄目じゃないかな」

瑠璃子の手が恥丘の翳りを撫でまわした。

小夜の総身の皮膚が粟立った。

「一度も触ったことないの？　このオマメ」

瑠璃子の一本の指が、ふいに今までとちがう動きをし、肉のマンジュウのワレメに入り込んだ。そして、そのままさっと下りていった。

「くうっ！」

たちまち大きな衝撃が駆け抜けていった。

小夜は、全身を震わせた。

驚いた瑠璃子は、慌ててショーツから手を出した。

「ウッソー、イッたんだ……ほんとに初めてだったんだ……触ったとたんにイクなんて」

瑠璃子が喉を鳴らした。

自分の躰だというのに、小夜は今、どこを触られたのかわからなかった。

小夜が今まで触ってきたのは、二枚の花びらだけだ。その左右のひらひらを、左右の指で同時にこねる。そうやって、不思議な一瞬を迎えてきた。

瑠璃子の言うオナニーは、やはり自分のやってきたこととはちがう……。

小夜はそう思った。だが、激しすぎる衝撃は、二枚のひらひらを指でいじったあとのような、急激な倦怠感《けんたいかん》を運んできた。すぐに眠りに落ちていった。

2

いつしか瑠璃子は、土曜ごとに泊まりに来るようになった。著名な柳瀬彩継の屋敷となれば、趣味で人形を創っているという母親なら、喜んで送り出すだろう。

緋蝶がそのたびに瑠璃子の母親に電話し、大事な娘さんをお預かりします、と丁寧に伝えている。

「お土産なんか気を遣わなくていいのよ。お母さまにそうお伝えしてちょうだい。瑠璃子さんが来てくれると、小夜ちゃんは嬉しいんだから。ね、今度から手ぶらにしてちょうだい。でないと困るの」

心底、申し訳なさそうに、緋蝶は出はじめたばかりの桃を見つめた。大振りの立派な桃だ。

「うちの母のほうが、申し訳ないって言っていました。いつもおいしいお料理をご馳走になってますし、宿泊費もタダだし」

「まあ、当たり前よ」

緋蝶がクスリと笑った。

「もうじき夏休みだから、ここで合宿したいなあ」

「合宿……？」

陽気な瑠璃子に、緋蝶が首をかしげた。

「何日も泊まること」

瑠璃子がチロッと舌を出した。

「あら、そういうことなの。かまわないわ。賑やかでいいし、小夜ちゃんも喜ぶわ。ねえ」

瑠璃子は手を叩いた。

小夜は横で笑いを装った。瑠璃子が嫌いではない。ただ、このままでは禁断の世界に引き込まれてしまいそうで怖い。すでに禁断の世界に踏み込んでるのかもしれなかった。

緋蝶はふたりの変化に気づいていない。だが、彩継は夕食を食べながら、ふたりのようすがおかしいと思いはじめていた。

瑠璃子はやけに陽気で、彩継を素敵なオジサマと絶賛し、緋蝶のことを美しい人と褒めちぎる。だが、小夜は瑠璃子から目を逸らそうとしている。浮かぶ笑みも無理に作られているように感じてしまう。最初、瑠璃子がやってきたころと、明らかにようすがちがう。

食事が終わって風呂に入ると、彩継のいる工房を覗いたり、お茶を飲んだりして、さほど遅い時間でもないのに、宿題があるなどと言って、さっさと部屋に入ってしまう。

最初はそれを信じていた。勉強している女ふたりを覗こうという気にもならなかった。勉強が終われば、ふたりで眠ってしまうのだと思った。そうなると、小夜は自慰もしないで眠るしかないだろう。

そんなふたりに興味はない。しかし、今夜はようすを見なくてはならない。

緋蝶は瑠璃子を歓迎している。だが、元々躰が丈夫ではないだけに、前日から料理のことを気にかけたり、掃除をしたりして、夜には疲れてしまう。いくら掃除など業者に任せておけばいいと言っても、つい自分で気になるところには手が出てしまうようだ。

彩継は、今夜は仕事をしたいので、先に休むようにと緋蝶に言った。緋蝶はホッとしたように部屋に消えた。

彩継はすぐに小夜の部屋を覗きに行った。

小夜と瑠璃子は覗き穴のからくりなど知るはずもなく、内から鍵さえ閉めれば、誰も侵入できないと気を許している。

「早く夏休みにならないかな。そしたら、毎日泊まれるから。泊まっていいって言われて最高！　素敵なオジサマにも毎日会えるし、小夜とも」

くふっと笑った。

「瑠璃子……あんなこと、やめないと……私、怖い」

小夜は瑠璃子と反対に心細い顔をした。

「気持ちいいことをどうしてやめるの？」

瑠璃子はふふっと笑って、小夜に唇をつけた。瑠璃子はキスをすると、舌まで入れてくる。小夜はいつも、じっと躰を硬くしているだけだ。

「もう……いつまで経ってもこうなんだから。リラックスしてよ」

瑠璃子は苦笑しながら、小夜のネグリジェをまくり上げ、子供の服を脱がせるようにして剝いでいった。

「ねェ、女同士でこんなことするといけないんじゃない？」

薄いブルーのショーツだけになった小夜がうつむいた。

「小夜は男とセックスしたいの？　男の人のほうがいい？」

「そうじゃなくて……」

「だったら女同士でいいじゃない。妊娠することもないし、このことが親に知られるわけもないし、女同士だから安心してくれてるだろうし。男としたって、アソコにペニスを入れたり出したりばかりで、自分でするような気持ちよさはないんだから。男はそうやって射精してしまったら虚《むな》しくなって、面倒くさくなるんだって。つき合ってた彼、ペニスを私のアソコに入れると、すぐにイッちゃってつまんなかった。射精すると、私を邪魔者にしてたし」

未知の世界を知っている瑠璃子が、またいちだんと大人びて見えた。

「ちょっと迷ってたんだけど、小夜に見せてあげたいもの、持ってきてるの。見たことがないと思うから見せてあげる」

瑠璃子が取り出したのは、いかがわしい写真集だった。

「セックスしてるところよ。元彼からもらったの」

ページを適当にひらいて、小夜の目の前に突き出した。

裸の男女が絡み合っている。それだけでも心臓が跳ねるほどに驚いたが、アップで写っている交合写真には度肝を抜かれた。

まだ知らない世界だ。青筋だった男の剛直が、女の秘部に沈んでいる。そんな太いものがどうしてあんなところに入るのかと、自分の秘口にも指を入れたことがない小夜は怖れを持った。

「彼、こんなに太くなかったわ。だけど、彼のだって、最初は私のアソコに入るなんて信じられなかった。でも、女のアソコって、狭いようで、あるていど、自由になるみたい。そりゃそうよね。子供だって産むんだし。こっちの見て。後ろからしてるところ」

四つん這いの女の後ろから突き刺している姿は、まるでアヌスに押し込んでいるようで異様だ。

「見つかったら大変だから捨てようかと思ったんだけど、捨てるのももったいないし、なかなかこんなの手に入らないと思って、隠しておいたの。ママかパパに見つかったら大変だから、ここに置いといてくれない？　ここ、広いから、いくらでも隠し場所はあるでしょう？　預かっておいて」

瑠璃子が雑誌を差し出した。

「いや……困るわ」

見たいのは山々だが、小夜は受け取るまいとした。

「じゃあ、この次まででいいから。ね？」

「でも……」

「もしかして、オジサマ達のアレを覗いたりして、こんなものいらないとか」

「ばか……お養父さま達、そんなこと、しないわ」

小夜はすぐさま否定した。

「そうかな。オジサマも小母様も素敵だし。でも、もうしてないのかな？」

瑠璃子は首をかしげた。

「ともかく、一週間あれば、ひとりでゆっくり見られるでしょ？　ずっと持っててもいいのよ」

瑠璃子はそれをナイトテーブルに載せた。

「きょうは絶対に小夜のアソコ、見せてよ。見せっこしようって最初から言ってるんだから。お布団の中でいじるだけより、見ながらしたい」

「いや……」

「私が先に見せたら、見せないといけないんだから」

「見ないから……」

瑠璃子が泊まるたびに繰り返されてきた言葉だ。

「見せてよ。触った感じじゃ、小夜のそこ、可愛いと思うし」

「いや……」

自分でも見たことがないそこを、人に見せることにも拘《こだわ》りがあった。隠しておかなければならないところを、いくら友達にでも見せる気にはならない。

長く自分の指で触れてきたところだけに、変形しているかもしれない。鏡で見たいという欲求は、もしかして奇妙に崩れていたら……という不安の前で、いまだに実行されないでいた。

「友達なら、見せてくれてもいいでしょう？　私から見せてあげるから」

小夜が止める間もなく、瑠璃子はネグリジェを脱ぎ、大胆な赤と黒の縞柄のショーツも抜き取った。

小夜よりずっと発達した乳房。しかし、それより、下腹部の黒い翳りが小夜の目を驚かせた。あきらかに自分とはちがう生え方だ。

小夜は逆三角形だが、瑠璃子は縦長だ。そして、小夜のものよりやけに黒く見えた。ほっくらした土手のあたりにも、小夜より濃い恥毛が載っている。

「最初にこれが生えてきたときって、びっくりしなかった？　一本だけ長いのが出てきたときは、まさか、こんなに生えてくるとは思わなかった」

言葉をなくしている小夜におかまいなく、瑠璃子はベッドに足を伸ばし、背中をヘッドボードに預けると、太腿を九十度以上に大きくひらいた。

「見て。見える？」

ワレメを両手でくつろげた。

パールピンクの粘膜が網膜に触れた瞬間、小夜はすぐに目をそらした。見つめることができなかった。

「もっと見えるようにしてあげる。クッション貸してね」

瑠璃子は尻の下にそれを押し込み、尻を高くした。

「小夜、ちゃんと見てよ」

「いや……」

「見ないと先生に、そう、オジサマに、小夜が私のアソコに触ったって言うから」

小夜は絶句した。

「イヤだっていうのに、むりやりアソコをいじりまわしたって言うから」

思いどおりにならない小夜に苛立《いらだ》っての、脅迫じみた言葉だ。

「触ったのは瑠璃子じゃない……私、まだ触ってないのに……」

「触られていい気持ちだったでしょう？　いつもガクガクしてたじゃない。自分だけいい気持ちになって、私にはしてくれないんだから、小夜はずるい。してくれたっていいじゃない」

瑠璃子がそういうことをしてもらいたいと思っているのを、小夜は初めて知った。毎回、指を取られて、瑠璃子のそこに持っていかれようとしたときも、小夜は反射的に手を引いて拒んだ。瑠璃子にはそれが不満だったのだ。

「私のオマメも触ってよ。触らなかったら、今すぐ、オジサマに言いつけに行くから。わかった……オジサマに言いつけてから帰る。もう来ない」

瑠璃子は躰を起こして立ち上がろうとした。

「待って！　意地悪しないで」

小夜は泣きそうな顔をした。

「意地悪は小夜のほうよ。じゃあ、見てよ。顔がくっつくほど近づけて。それから、ちゃんと触って」

好奇心はあるものの、怖い。今まで瑠璃子のものを、どれほど見たいと思ったことか。そして、女のものがどんなふうになっているのか詳しく知りたかった。意気地がなくて好奇心を満たせないでいただけだ。

(見ないとお養父さまに言いつけられる……)

それは弱気な自分への絶好の言い訳になった。

瑠璃子が両手でひろげた肉のワレメの中を、小夜は息苦しい気持ちで眺めた。鼻から熱い息がこぼれた。鼻だけで息をするのが苦しくなり、口をあけて呼吸した。

これが女の器官なのか……。外側の土手に比べると、目も覚めるほど美しいピンク色をした内部が現れた。

しかし、色はいくら綺麗でも、そこは形のよくわからないグロテスクなものだ。こんなものが自分の下腹部にもついているのかと、冷静ではいられない。

「私の小陰唇、大きめだって。どう思う？　小夜の花びらより、やっぱり大きいかな。雑誌のじゃ、よくわからないもん」

そう言われても、すぐにはどれが小陰唇かわからなかった。自分が触ってきたものがそれかもしれないが、指の感触だけで、まだ実際に目にしていない。

ぬら光る粘膜のブヨブヨとしているような、ゼリーのようでいて定まらない形態が怖ろしい。

「ここにペニスが入って処女膜を破くんだけど、よくみると、処女膜って、セックスしてなくなるんじゃなくて、まだ残ってるのがわかった。ピラピラしてるでしょ？　これ」

パールピンクのくぼみの中にわずかに入り込んだ瑠璃子の右の人差し指が、小さな肉片を動かした。

小夜は胸苦しくなった。

「小夜はまだヴァージンだから、ここに指は入れないわけ？　こんなふうに」

処女膜をいじった指は、次に奥へと沈んでいった。

そこに子宮に続く道があることはわかっていたが、ぼんやりとした知識があっただけだ。

肉の穴の奥に第二関節も消えたとき、小夜は動揺しながら見入っていた。

「指、このままにしてるから、オマメ、触ってよ。それとも、小夜がこの中に指を入れる？　そして、私がオマメをいじるとか。どっちにする？」

小夜は振り向けられた質問に、半びらきの口をそのままに、慌てて頭を横に振った。

「触ってくれないってこと？」

瑠璃子の表情が険しくなった。

「そんなところにオユビ入れるの、怖い……」

「だったらオマメを触って」

「どれかわからない……」

「もう小夜のを何度も触ってあげたじゃない。ここ。これがクリトリスじゃない。今さら知らん振りしたってだめよ」

女壺に人差し指を押し込んだまま、瑠璃子は花びらの合わせ目の細長い尖った部分を親指で触れた。

（これがクリトリスなの……？）

小夜には意外でしかなかった。ブヨリとしているだけのように見える。

初めて瑠璃子にそこを触られたとき、その瞬間に硬直が訪れた。いったいどこに触れられたかわからず、翌日、ひとりのベッドで探ってみた。

花びらだけ触ってきただけに、それ以外の部分で「あのとき」を迎えられるのは不思議だった。瑠璃子が触ったと思われる、ワレメのすぐ内側の尖った部分を指先の感触で見つけ、揺すってみた。すると、すぐさま衝撃が駆け抜けていった。短い声を押し出して硬直し、痙攣した。

あまりに鋭敏な器官があることに驚いた。それから、二枚の花びらだけを両手でこねまわすより、そこに興味を持っていじるようになった。

しかし、呆気《あっけ》なく訪れるそのときに、数日すると、また花びらをいじるようになった。花びらでそのときを迎えたり、肉のマメにしたり、気分しだいでどちらかを選ぶようになった。

「指でしないなら、オマメにキスして。口でされると気持ちいいのよ」

動かない小夜に、瑠璃子が催促した。

あれは夢か現実か……。

奥の蔵で紅いいましめをされた緋蝶が、彩継の太いものを入れられる直前に、花園に口をつけられた光景が甦った。

「指？　口？」

瑠璃子がまた催促した。

見ているだけで息苦しくなるそこに、口をつけられるはずがない。小夜はこわごわ右手を伸ばし、人差し指を近づけた。

「直接は痛いから、上からして」

その意味もわからない。

グロテスクな器官ながら、全体のひとつひとつが、少しずつ形になって見えてきた。

鼻のようにも見える細長い三角の盛り上がりから、かすかに顔を出している特に美しく輝いている小さな粒……。それを、小夜は震える指先で触れた。

「あっ……オマメに直接は痛いって言ったでしょ？　上からして」

瑠璃子が顔をしかめた。

小夜はすぐに指を引っ込めた。

「上って……？」

瑠璃子に困惑の視線を向けた。

「ここ、ここを触って」

瑠璃子の指が、鼻の形をした肉のサヤに触れた。

小夜はそこに触ったものの、グニュッとした感触にハッとして指を引いた。

「まったく小夜って変なんだから。私と同じものがあるくせに。そこをこんなふうにして」

肉のマメを包んでいる包皮の上に小夜の指を戻した瑠璃子は、その上に自分の指を添えて左右に揺すった。

「このくらいの力がいいわ。男って、がむしゃらにいじったりして痛いの。そっとがいいのに。このくらい……ああ……いい」

自分の指を小夜に添えて刺激を与えていた瑠璃子は、やがてそっと指を離した。

「いい……気持ちいい……」

瑠璃子がうっとりした喘ぎを洩らすと、小夜は夢中になった。

「あ、痛い。そっとがいい……やさしくしたほうが感じるから……そう、そのくらい……んんっ」

瑠璃子はすぐに「そのとき」を迎えると思っていたが、数秒経っても喘ぐだけだ。

「気持ちいいの……?」

「いい……アソコの中が動いてる」

瑠璃子は右の人差し指を秘芯に押し込んだままだ。

「動くって……?」

「キュッと狭《せば》まったりしてる……小夜がすると、すごく気持ちいい……いい……ちょっと強くして」

「このくらい……?」

まだ戸惑いは消えない。だが、わずかに力を入れた。

「いい……そう……そのくらい」

乾いていたはずの指の下が、いつしかヌルヌルとしている。

瑠璃子の胸が喘ぎはじめた。ハッハッハッハッと、今までとちがう速い呼吸だ。そのたびに漲った乳房が揺れる。

　この呼吸が始まれば、もうすぐあのときがやって来る……。

　小夜も経験してきたことだ。

　瑠璃子の指が秘壺から出され、両手でシーツをつかんだ。脚が狭まった。膝がくっつくほど近づき、太腿が緊張した。瑠璃子は脚を突っ張っている。

「イ、イクゥ！」

　胸を突きだした瑠璃子の全身が弓なりになった。

　大きな変化が現れた躰を、小夜は指を引っ込めて呆然と見つめた。動悸がした。

　瑠璃子の総身が何度も痙攣を繰り返して止まった。

「瑠璃子……大丈夫？　ね、大丈夫？」

　躰に触れるのも怖ろしかった。

「気持ちよかった……あんまり気持ちよかったから、怠《だる》い……もう少しして、小夜にもしてあげる」

　瑠璃子はトロンとした目をしている。

「私はいいから……」

「だめ。見せてくれないと怒るから。オジサマに言いつけるから。だって、今、私のオマメ、いじったんだから」

「でも……」

「絶対見せてもらうから。五分したら」

しかし、瑠璃子はそのまま寝入ってしまった。

3

覗き穴の先の、小夜の部屋の光景は驚きだった。

彩継の息が乱れた。

小夜が異性の目を惹くのはわかっている。しかし、男にはまだ興味がないようで、週末になると女友達を連れてきていることに安心していた。

それが、部屋を覗いた瞬間、目に映ったものは、尻をクッションで高くし、脚をひらいている瑠璃子と、ベッドの傍らから手を伸ばし、瑠璃子のクリトリスあたりを揉みしだいている小夜だった。

信じられない光景だった。だが、小夜は指を動かし続け、やがて瑠璃子は脚を突っ張って胸を突き上げ、気をやった。

(なんてことだ……いつからだ)

彩継は不安と怒りに襲われた。

何も知らないウブな女と思っていた小夜が、自分を慰めるだけでなく、他人の器官まで慰めていたのだ。

(私としたことが迂闊《うかつ》だった……瑠璃子とは知り合ったときからあんなことをしていたのか……？　ここに来るようになってからか……？)

先週あたりから、おかしいと思うようになった。それでも、まさか、こんなことになっているとは思わなかった。

秘口に深々と指を入れていたからには、瑠璃子はすでに男を知っている。それか、女同士で目覚め、自分の指か相手の指、あるいは異物で処女膜を破ったとも考えられる。

(小夜はどうなんだ……まさか、まさか、もうヒーメンが傷ついているなんてことはないだろうな……)

五分五分だ。いや、五分五分などという言葉は気休めだ。無事か手遅れか、どっちかしかない。

小夜達が部屋に入ってすぐに覗いたわけではないので、その前に小夜が瑠璃子の手で気をやったかどうかわからない。だが、まだネグリジェをつけているので、まずは瑠璃子が横になったのだと想像した。しかし、それさえ、真実はわからない。

瑠璃子は気をやってすぐに眠ってしまった。

いつか小夜も、指で慰めたあと、明かりを点けたまま、すぐに寝入ってしまった。それを考えると、今夜、小夜はまだそういうことをしていないと思ってもいいかもしれない。

小夜は瑠璃子が素裸で寝入っているのをいいことに、全身を観察するように眺めはじめた。瑠璃子の寝顔にチラチラと注意を注ぎながら、オドオドと乳房を眺め、自分のふくらみをネグリジェの上からつかんでいる。

それから、下腹部を眺め、床に膝を立てて背を低くして顔を近づけ、恥丘の翳りをジッと見つめている。

瑠璃子の寝息をふたたび確かめた小夜は、翳りをそっと撫でた。すぐに手を引っ込め、またそろそろと手を伸ばす。

今度は、太腿の付け根に目を移した。わずかに開いているが、肉のマンジュウの中は見えないだろう。

小夜は何度も何度も瑠璃子の顔を窺《うかが》い、顔がくっつくほど内腿の近くまで寄って、そこを見つめた。

やがて、両手を近づけたのは、そこをくつろげて見ようと思ったせいかもしれない。だが、さすがに瑠璃子に気づかれてはまずいと思ったのか、溜息らしいものをついて諦めた。

遠目にも小夜の目は覚めきっている。

瑠璃子の頭から足元へと、行ったり来たりしながら、寝顔を窺っている。立ち止まって、どんな息をしているのか確かめるつもりか、鼻先に掌をかざしたりもした。

さらにジッと寝顔を見つめ、ナイトテーブルに載っていた雑誌を手に取った。

それがどんなものか、彩継からは、はっきりとはわからない。しかし、こんなときに、小夜が異様に熱心に見入っているのだけはわかる。

（それは何だ……？　何を見ているんだ？）

ただの雑誌ではないような気がして、彩継は強い関心を持った。

小夜は雑誌を開いたまま置くと、デスクの抽斗《ひきだし》から手鏡を出した。それから、ネグリジェを着たまま、ショーツを脱いだ。そして、椅子に座り、ネグリジェをまくり上げて脚をひらき、ワレメを左手の人差し指と中指で大きくくつろげ、そこへ手鏡を持っていった。

小夜の目が見ひらかれた。まるで初めてそこを見るように、鏡を凝視している。瑠璃子をエクスタシーに導いたものの、そのまま眠ってしまわれ、欲求不満なのかもしれない。

鏡に映した自分のものを見ては、雑誌に目をやる。小夜は、それを交互に繰り返した。

そうなると、どういうものが載っている雑誌か、おぼろげながら想像がつく。医学関係かエロだと彩継は考えた。

どちらにせよ、小夜が雑誌と自分の花園を熱心に見比べているのは、その雑誌がまだ珍しいということだ。初めて目にしたものかもしれない。

瑠璃子が持ち込んだのではないかと、簡単に推察できた。

小夜が鏡を見つめながら、花びらあたりを揺らした。次に、肉のマメのあたりを触った。ビクッとして手を引いては、また触る。

人差し指を秘口に押し込もうとしたときは仰天した。

やめろ！　と叫ぼうとして、すんでのところで言葉を呑んだ。壁を叩きそうになっていた。

大事な処女膜は、すでに破られた後だろうか……。指で傷つけてしまったのか……。

小夜は顔をしかめ、押し込もうとした指を出した。また試みようとして、顔を歪めた。明らかに挿入できないでいる。指一本が入らないということは、処女膜は無事なのだ。

小夜がまだ男を知らないと知ると、全身の力が抜けていくような気がした。だが、瑠璃子といっしょにさせると危ない。いつ指を押し込んでしまうかしれない。小夜の秘口には、月のもののとき、タンポンさえ入れてはならない。他の男のものなどなおさら……。

自分の娘となった女でありながら、このままでは大変なことになる、その前に自分がなんとかしなければと、彩継は焦った。

女壺への指の挿入を諦めた小夜は、鏡を置いて、椅子に座ったまま右手を秘園にやった。いつかは両手でそこを玩んでいたが、今夜は右手だけを肉のマンジュウのワレメに押し込んだ。

愛らしい顔をしていながら、自らの手で欲望を果たそうとしている小夜の表情は、いつかのように悩ましい。

わずかにひらいた唇が震えるように動き、眉間に小さな皺が寄る。

それを見ていると、緋蝶を愛するように、屈辱の中に追いやって、より美しい表情を見たくなる。

笑い顔より、恥辱にまみれた顔のほうが、女は何倍も美しい。だが、誰でも美しいわけではない。被虐の匂いを持って生まれた女だけが装うことのできる最高の美だ。

小夜の口が大きくひらき、呆気なくそのときを迎えて硬直した。操り人形のように角張って揺れた小夜は、じきに弛緩《しかん》して背を丸め、がっくりと頭を垂れた。

十秒かかったかどうかもわからないほどの早すぎる絶頂は、小夜の敏感な性感のせいか、巧みな指の動きによるものか。今回も目の前で見られなかったのが口惜しい。数メートル先が遠すぎる。

これ以上、悠長に待ってはいられない。小夜に危険が迫っている。何とかしなければ……。

よろりとベッドに向かい横になって目を閉じた小夜を確かめた彩継は、覗き穴を塞ぎながら、小夜を自由にするきっかけはないかと思いを巡らせた。

工房奥の蔵に向かった。

小夜の自慰を知ったときから作り始めた現在の小夜の人形は、それから二カ月ほど経ち、頭部の張《は》り子《こ》型の型抜きは終わり、胴体の張《は》り子紙《こがみ》を乾燥させているところだ。そろそろ型抜きができる。大作で秘密の制作だけに、時間がかかる。注文や展示会向けの人形創りも忙しい。

人形作りは頭部から始め、芯棒に油土をつけて頭を形作っていく。目を閉じた小夜を指先で創っていくときの弾む気持ちは、今も変わらない。

指を動かして工程を進めていくほどに、もうひとりの小夜の魂ができあがっていく。人形は物体ではなく、生命を宿している。

眠っているような完璧な小夜の頭が油土で出来上がると、石膏を盛り上げて型取りするために、頭部の前半分、後ろ半分の境目に、真鍮板《しんちゆうばん》の二センチ角の割《わ》り金《がね》を顎から耳、頭部へと、一周、隙間なく差し込んでいく。

まず前半分の凹凸のある顔の上に、水に近いゆるめの石膏を、次は、やや硬めに溶いた石膏を盛り上げていく。

それが乾いたら、割り金の裏側に剝離剤《はくりざい》を塗り、後ろ半分にも同じように石膏を盛り上げていく。

すっかり乾いた石膏は、割り金の部分からふたつに丁寧に剝がし、油土を抜き取る。

彩継は石膏内に残った油土を筆を使って、丁寧に徹底的に除去した。

その石膏の内側のくぼみに、丁寧に張り子紙を張っていく。数種の和紙を混ぜ合わせて作ったものだ。

愛する生命の誕生のために、すべての工程に全神経を集中させる。

そうやって、ふたつのくぼみに張り子紙を敷き詰めた後は、十分に乾燥させ、硬化させて、石膏型から抜き取る。この張り子紙でできた顔面と後頭部をきっちりと合わせ、糊《のり》で接着する。

これで、最初に粘土で作ったときの造形どおりの形ができあがる。

そのとき、彩継は目を閉じている小夜の顔の出来に満足した。この頭ひとつにしても、まだこれから多くの工程を経なければ出来上がらないが、苦労するほど、時間がかかるほど、いつも完成したときの感動と愛着は大きい。

「小夜……おまえは私のものだ。私の養女になったからには、私の意に添うような女になってもらう。おまえの指がいくらしなやかで美しくても、その指で大事な処女膜を傷つけることは許さない。女友達になど、なおさら触れさせるわけにはいかない。男なら……男なら……よほどの力を持った私の目に叶う者でなければ……いや……そんな男などいるはずがない……だから……」

まだ頭髪もなく、眉も唇も色彩のない小夜に向かって、彩継は重々しい口調で呟《つぶや》いた。

第四章　淡色の器官

1

彩継は、小夜が見ていた雑誌は瑠璃子が持ち帰ったかもしれないとも思ったが、翌日、緋蝶がひととき外出したときに部屋に入って探すと、デスクのいちばん下の抽斗の、そのまたいちばん底に隠してあった。

美的感覚などまったくない三流雑誌の、男女の結合写真だ。

素人投稿となっており、ほとんどに目隠しが入っているが、中には堂々と顔を出しているものもある。女子大生ぐらいから二十代後半ぐらいまでに見える女が多い。男は若い者から年輩まで様々だ。

年ごろの男なら、こんな雑誌の一冊や二冊を隠し持っていてもおかしくないが、天使でなくてはならない小夜がそんなものを見てしまったことで、彩継はついに決心した。

今しかない。今を逃せば、小夜は人の手で汚されていく……。

緋蝶は週末、二十数年ぶりに会う高校時代の友人を交えた数人で、一泊の伊豆旅行に出かけることになっている。

友人だったひとりが国際結婚し、ずっと海外で暮らしていたために、たまに帰国してもなかなか会う機会がなかった。今回はその友人に時間的な余裕があると聞いたひとりが、てきぱきと宿を決め、久しぶりに旧交を温めることになった。

家族に遠慮して断ろうとしていた緋蝶に、旅行を勧めたのは彩継だ。この計画を打ち明けられたのはひと月も前のことだが、そのときも、小夜とふたりきりになれる絶好の機会だと思った。

今、いちばんいいときにそのチャンスが巡ってきた。

当日、朝食を済ませて、申し訳なさそうに出かける緋蝶は、黒い紬の着物を粋に着込んでいた。

小夜はノースリーブの黄色い綿のワンピースを着た可憐な姿で見送った。

「きょうも瑠璃ちゃん、来ると言っていたな」

「午後から」

何も気づいていない小夜が、笑顔を向けた。

「きょうは急用ができたとでも言って断りなさい。やってきたら、私が適当に断ってやってもいい」

いつにない彩継のきっぱりした口調に、小夜がたじろいだ。

「どうして……？」

恐る恐る訊いた。

「自分の胸に手を当てて考えてみればわかるんじゃないか？　いや、考えるまでのこともないはずだ」

今度は唇をゆるめた。

小夜の脳裏に、瑠璃子との破廉恥な行為が浮かんで躰が火照《ほて》った。けれど、彩継がそんなことを知るはずがない。

「思い当たることがあるようだな？」

「いいえ……」

「何もないのか」

「はい……」

小夜はうつむいた。彩継の顔をまともに見られなくなった。

彩継はいったい何を言おうとしているのか。瑠璃子とのことなら、あのことしかない。けれど、彩継が知るはずもないと思うだけに、不安だけがふくらんでいく。

「私はおまえの養父《ちち》だ。しかし、景太郎さんは実の父だ。景太郎さんや亡くなった胡蝶さんに恥ずかしくないようにしっかり育てなければと思っている。責任が重いと自覚している」

うつむいている小夜は、彩継が何を言おうとしているのか、いっそうわからなくなった。

ただ、聞きたいことではなく、聞きたくないことを言われようとしているのは見当がついた。

「成績のこと……？」

高校入学してからの最初の学期は、クラスでも上位の成績だったが、トップではない。もし瑠璃子が毎週のように泊まりに来ていなければ、もっと勉強できたのはわかっていた。土曜の午後はほとんど勉強などできなかった。日曜の夜になって慌てたこともある。

「そんなことじゃない。成績はいいと聞いている。期末の試験もよかったと、緋蝶から聞いた」

「じゃあ……なあに？」

怖ろしい気がしたが、他に思い当たることと言えば、蔵を覗いたことしかない。ただし、それが現実だったとしたら……。

蔵の中の彩継と緋蝶の姿は、いくら夢だと言い聞かせようとしても、記憶は薄れるどころか、今でもはっきりと思い出せる。しかし、穏やかな緋蝶と彩継の顔を見ていると、現実のはずがないと思うしかなかった。

そうやって、この二カ月ほど、あの光景は自分の生きているこの世界のできごとではなく、ひととき時空が歪んだために垣間《かいま》見ることになった、別世界の出来事かもしれないなどと、無理に思い込もうとしていた。

「養父《ちち》としておまえを思うあまり、私にはときどきおまえのしていることが見えるようになった。おまえがいけないことをしていると見えてくるんだよ。写真のようにはっきりと」

小夜は喉を鳴らした。

「疚《やま》しいことがあったら、私に言われない前に、自分の口で言ってごらん。私の目を見ることができるか」

小夜は胸苦しさを感じながら顔を上げた。

「言うことはないか？」

小夜は一呼吸置いて頷いた。

「そうか、じゃあ、私に見えたことを確認してみよう。小夜の部屋が見える。入ってもいいな」

返事を聞かないまま、彩継は小夜の部屋に向かった。

小夜は慌てて後を追った。

「いちばん下の抽斗の底に何が入っている？」

小夜の全身がカッと熱くなり、またたくまに汗が滲んだ。

彩継は抽斗を開けようとした。

「だめ！」

とっさにしゃがんだ小夜が抽斗を押さえた。

「いけないものでもしまっているのか？」

小夜は首を振り立てた。

「じゃあ、見たってかまわないだろう？」

「お養父さまには見られたくないの。女の……女の使うものだから……毎月の……だから、お願い。だめ」

耳たぶが真っ赤になった。

「ナプキンか」

小夜は何度も頷いた。

「それが本当なら謝ろう。見せてもらうぞ」

か弱い力で必死に押さえていた小夜だったが、彩継の力にはかなわなかった。

「ああ……」

抽斗の底から卑猥な雑誌を取り出し、パラパラとめくった彩継に、小夜は狼狽《ろうばい》し、唇をわななかせた。

「ほう、これが女が毎月使うものか。いつからこんなものを見ている。ここに来る前からか？」

小夜は青いほど澄みきった美しい目をいっぱいに見ひらいて、ただ首を振るだけだ。

「どこで買った？　それとも男にもらったか」

彩継はわざとそう訊いた。

小夜は戸惑いが大きすぎて、言葉を出せないでいる。

「買ったのなら、どこで買ったか言いなさい。もらったのなら、誰からもらったか言いなさい。言えないようなら、うんとお仕置きでもしないと、小夜を娘にした以上、実の親に対しても責任があるからな。さあ、しゃべったらどうだ」

これまでに見たこともないほど怯《おび》えている小夜に、彩継は欲望を感じた。押し倒して、まだ男を知らない秘壺に肉茎を突き刺し、他の者が小夜を汚す不安から、一気に解放されたかった。

「知らない人から……」

差し迫っている危機から逃れるために、小夜はやっとのことでそう言った。

「そうか、知らない人からじゃ、しかたないな」

小夜はホッとした。

「その知らない人からこれをもらったとき、こういうことをしたのか」

小夜は呆然とし、激しく首を振った。

「信じていいかどうかわからなくなった。小夜は私との約束を破ったこともあるしな。覚えがあるだろう？」

そのとき小夜は、奥の蔵を覗いたことなど浮かばず、また首を振った。

「おまえは黙って入ってはいけないと言っておいた仕事場に入った。そうだな？」

その言葉で思わず、あっ、と短い声が洩れた。

「覚えがあるようだな」

「いいえ！」

小夜は震える声を振り絞って否定した。

「小夜が嘘つきだったとは思わなかった。小夜が蔵の中を覗いたのは知っていたんだ」

「そんなこと……いいえ……覗いてなんて……」

「これに覚えはないか」

彩継はピンク色のハンカチを目の前に突き出した。

「あ……」

どこでなくしたのだろうと思っていたが、ハンカチ一枚に拘《こだわ》りはなかった。しかし、蔵を覗いただろうと言われ、その直後に見せつけられると、それを手にして工房に入ったのを、今になってはっきりと思い出した。

「蔵の前に落ちていた。日にちを訊きたいか？」

あれから二カ月ほどになる。

やはりあの異常な光景は現実で、しかも、それを覗いたことをとうに知られていたと思うと、知らぬ振りを続けていた彩継に対して屈辱が駆け抜けていった。

「何を見たんだ？」

「何も……中の戸が閉まっていたから……」

外は明るいというのに、小夜は狭い籠《かご》に閉じこめられているような息苦しさを感じた。

「おまえは大人になろうとしている。いや、とうに男を知っているような気がしてならない。本当のことを言ってごらん。そうすれば景太郎さんと緋蝶に言うのだけはよしてやろう」

ふたりの名を出され、小夜は慌てた。

「男の人なんて知りません……お養母さまや父には言わないで。だって……私、何にもしていないの。これから決して、黙って仕事場に入ったりしませんから」

つい工房に入ったことを口にしてしまい、ハッと口をつぐんだ。

「やはり入ったんだな。見たはずだ。何を見た？」

口にできるはずもなく、小夜は首を振り立てた。

「禁を破って黙って工房に入り、こんないかがわしいものも隠していて、そして、夜になると自分で恥ずかしいこともしていて」

彩継は快感を感じながら、それを顔に出さず、いつになくいかめしい顔をして小夜を見つめた。

小夜がまた息を呑んだ。

「思い当たることがあるようだな。深夜、庭を散歩していたら、おまえの部屋に明かりが点いたままのことがあった。あまり遅くまで勉強しないほうがいいと言ってやるつもりで、屋敷に戻って軽くノックしたが、返事がなかった」

彩継は話を作った。

「それでドアを開けたら、おまえは恥ずかしい格好をしていた。私は驚いたよ。おまえはネグリジェをまくりあげて、ショーツを膝まで下げて」

「いやあ！」

小夜は耳を塞いで叫んだ。

その手を彩継がつかみ、力ずくで耳から離した。

「アソコに両手があった。おまえが何をしていたか、わかった」

「嘘嘘嘘嘘嘘！」

小夜はつかまれた両手を必死に解こうとしながら叫んだ。

「そんな事実はないか？　どうだ？　私の言ったことはまちがいか？」

「夢……夢……そう、お養父さまは夢をごらんになったのよ」

恥ずかしすぎる自分の行為を、彩継には夢と思わせなければならない。現実と知られたら、生きていけない。

「夢か。私にそんな恥ずかしい夢を見せたいか」

「夢です……お養父さまの夢です」

「夢か。しかしな、庭を散歩しているとき、夜の花を撮りたいと思って、カメラを持って出たんだ。月見草は夜の花だからな。だから、小夜の部屋に入ったときも、そのカメラを持っていた」

小夜の手を離した彩継は、作務衣の上着のポケットから写真を出した。そして、机に並べていった。

「いやあ！」

ふたたび悲鳴が上がった。

デスクの上に置かれていく写真の次の一枚が置かれないうちに、小夜はひったくるようにして奪い取っていった。

「恥ずかしいか。当然だな。あまりに恥ずかしい姿に、私も最初は目のやり場がなかった。肌布団をかけてから出たが、さすがにショーツを上げてやることはできなかった」

小夜はその翌朝、目覚めて起きようとしたとき、指で遊んだまま寝入ってしまったのに気づいた。恥ずかしさに汗ばんだ。だが、まさか、彩継にその姿を見られていたとは思わなかった。

「小夜、おまえがこんなことをしていることも、こんな雑誌を見ていることも、私達の夫婦の時間を黙って覗いたことも、緋蝶は知らない。知ったらショックでどうなるかと心配で、私の胸だけにしまってきたんだ」

次々と暴き出される秘密の時間に、小夜の頭は混乱した。

彩継は何でも知っていたのだ。ついさっきまで父娘として過ごしてきたというのに、恥ずかしいことをことごとく知られてしまった以上、もはや父として接し、娘として語ることはできそうにない。

彩継が言葉を切ると、小夜は押し黙ったまま、あまりの恥ずかしさに、ただ死んでしまいたいと思うしかなかった。

「小夜、まだ隠していることがあるんじゃないか？　明日の夜まで養母さんは戻ってこない。たっぷりと話を聞いてやるぞ。きょうは友達の出入りは禁止だ」

追いつめられた小夜の姿に血が滾《たぎ》る。彩継の股間のものが痛いほど疼いた。

「また嘘をつくようなら、私ひとりの胸にしまっておくわけにはいかなくなる。そんな写真、景太郎さんにも緋蝶にも見せたくはない」

手にしている四葉の写真を、小夜は掌の中でグシャグシャにした。

「たとえそれを破いても、パソコンにネガが保存してある限り、いくらでもプリントできる。そのくらい、わかるだろう？」

「いやいやいや！」

小夜の目から涙がこぼれた。

ズンと肉茎が疼いた。

「緋蝶にも景太郎さんにも、こんなものを見せるつもりはない。自分の指でアソコをいじるのは、別に悪いことじゃないからな」

彩継の口から出る言葉のすべてが忌まわしかった。小夜は耳を塞ぎたかった。

「ただ、終わってから、あんな格好のまま寝入ってしまうとは、あまりにも無防備だ。ショーツぐらい上げて、肌布団も掛けて眠るのが女のたしなみだろう？　いつ、何が起きるかわからない。今回もたまたま明かりが点いていたから、ようすを見に行くことになったんだ。ついていた電気が消してあったのに気づいたか」

　小夜は明かりのことは、今までまったく気づかなかった。ただ、あの朝、ショーツが下りたままだったのに慌てた。肌布団は掛けていて当然と思っていた。

「オナニー、わかるな？　そのことはいい。女も男も年ごろになったら自然に覚えるものだ。健康な人間なら、自然にやってしまうものだ。だが、小夜がこんな雑誌を持っていたことは問題だ。まだ十五歳なんだからな。こんなことを知ったら、緋蝶も景太郎さんもショックだろう」

「言わないで！　お願い、言わないで！」

　小夜の細い肩が震えだした。

「できるなら、私も言いたくない。みんな小夜はいい子だと思っている。ああ、今もきっといい子だ。これ以上、おまえを悪い子にするわけにはいかない。誰にも言わないでおいてもいい。そのかわり」

　彩継は泣いている小夜の顎を持ち上げた。

「まず、本当に男を知らないかどうか、調べないといけない。今からセックスを知ってたりしたら大変だからな」

掌の上で、涙でいっぱいの小夜の目が、おびえを含んで大きくひらいた。

被虐の女の顔だ。そそる顔だ。この美しい顔を、そのまま人形にすることができるなら、今までのどの人形より価値あるものになる。この顔こそ、世界でいちばん美しい顔だ。

「知り合いの婦人科の医者に、言葉どおり、おまえがまだ男を知らないかどうかきちんと調べてもらう。処女膜が破けていないかどうか診てもらわなくてはな。脚をひらいてアソコを診てもらえばすぐに終わることだ」

「いやあ！」

今まで以上の絶叫だった。

「お養父さま、私、男の人なんか知りません。本当に知らないの。本当です」

必死の言葉が彩継には心地よかった。

「信じたい。だが、こんな雑誌を知らない人からもらったなどと言うんじゃ、疑うしかないだろう？　知らない人からなどもらうわけがない。おまえはそれほど軽薄な女じゃない。名前を言えないわけがあるんだろう？　私の知っている者なのか？　この本を小夜に渡した者にも、ひとこと言っておかなければならない。少しお仕置きしてやろう」

小夜が瑠璃子の名を出すはずがない。そう思って彩継はネチネチと責めたてた。

「誰からもらった？」

小夜は首を振り続けた。紅くなった鼻頭が可愛い。嚙《か》み切って食べてしまいたくなる。

存分に責めて下さい……。

そう言っているような顔だ。

「わかった。それならそれでいい。だが、知り合いの医者にはこれから頼んで診てもらうぞ。土曜だから、午後から休みのはずだ。特別に頼もう。誰もいない方がいいだろう？　こっそりと診てもらう。看護婦にも見られなくてすむ」

「いや。私、知りません……本当に」

「だから、証明してもらわないと、これは大切なことなんだからな。私の娘の一大事かもしれないんだ。診てもらうのに恥ずかしくないように、アソコを洗っておいで」

彩継は自分の言葉にも興奮した。小夜を追いつめ、屈辱の底に追いやりはじめると、嗜虐の血はますます熱くなる。

いくら養女とはいえ、同じ屋根の下に住みながら、四カ月近くもの間、じっと我慢していたことが反動になって、今、抑えきれない欲望が噴き出している。

緋蝶のいない間に、小夜と新しい契約を結んでおかなければならない。養女というのは、法律的な約束ごとだ。しかし、それとは別の、ふたりだけの秘密の約束を結んでおかなければばならない。紙一枚で結ばれる法律的なものではない、もっとかたく結ばれるための約束……。

「逃げられないぞ。誰もいないきょうを選んで言ってやったんだ。そのほうがいいはずだ。養母さんに知られたくはないだろう?」

「許して。お養父さま、何でも言われたとおりにします。病院になんか連れて行かないで」

「それほどいやなら、連れて行くのはよそう」

小夜は気が抜けたように肩の力を抜いた。

「しかし、それなら」

彩継の目が細く光った。

「私が調べるしかない」

喉を鳴らした小夜が後じさった。

「これ以上、譲れないぞ。おまえのわがままはここまでだ。私が見てやることになったからには、風呂はいい。ショーツを脱いでベッドに横になりなさい」

言いなりになれるはずもなく、小夜は激しく胸のふくらみを波打たせた。

「お養父さんの言うことも聞けないというわけか。ちょっと手荒なことをさせてもらうが、おまえのためだ」

美しい獲物を前にして獣となった彩継は、小夜の腕をつかんで引き寄せた。

「いやあ！」

暴れる小夜を強引にベッドに載せて仰向けに抑えつけた。

計画的に用意しておいた蘇芳《すおう》色の丸ぐけの帯締めをポケットから出し、両手首をひとつにしてくくり、ベッドのポールに拘束した。

両手を上にして人の字になった小夜は、捕らわれて屠《ほふ》られる運命の、神聖な生《い》け贄《にえ》だ。肩がもげそうなほど暴れている。

「解いて！　お養父さま！　解いて！」

小夜は嗜虐者をそそる最高の顔をしていた。

帯締めは組み紐《ひも》が多いが、丸ぐけは綿《わた》を芯にして布でくるんで縫ったもので、礼装用や粋に紬を着たときなどに使う。彩継はこんなときでさえ、柔らかい小夜の皮膚を傷つけないようにと、いましめひとつにも、細心の注意を払っていた。

「小夜、おまえは大切な大切な娘だ。私はおまえに、名前のような小夜佗助のように、いつまでも可憐に咲いていていてほしいんだ。わかるか？」

強引に両手を拘束した後で、彩継の口調は今までになく穏やかになった。

「怖がらなくていいんだ。おまえを愛しているから心配なんだ。年ごろの娘を持てば、親ならただでさえ不安になる。まして、いかがわしい雑誌を隠し持っていることがわかったり、自分であんなことをしているのがわかったり」

「いやいや。言わないで!」

恥ずかしくても顔が隠せない。小夜は精いっぱい顔をそむけた。

「黙って入ってはならないと言っておいた工房に無断に入られたりすると、もうこのままではいられない。そうだろう? 性に興味を持つ年ごろになったんだ。それ自体、何も悪いことじゃない。むしろ、興味を持たないほうがおかしい。しかし、興味を持ちすぎると、次に何をしでかすだろうと不安になる。興味本位に、どうでもいいような男に躰を許してしまったりしたら、おまえも後悔することになるだろう。私も辛い。だから、今はどんなに恨まれようと、こうするしかないんだ」

幼子《おさなご》にいい聞かせるようにゆったりと話しながら、汗で額に張りついて乱れている前髪を、後ろへと撫で上げていった。

「おまえは私の娘だ。娘になるずっと前も、ここに泊まったとき、私と風呂に入ったことが何度もあった。後ろから抱え上げて、庭でオシッコをさせたこともある。私の前で裸になっても何も恥ずかしいことじゃない」

「いやいやいや」

小夜は抵抗をやめない。また無駄とわかっている両手を引っ張った。

「私達の裸だけ見て、自分の裸は見せないつもりか？」

一瞬、小夜の動きがやんだ。

「あんなものを見て驚いたか？　どうなんだ？　どう思ったか、聞かせてくれないか」

紅いいましめをされて玩ばれていた緋蝶の屈辱の姿と、妖しい喘ぎ声や、怖ろしいほど艶やかだった姿が、また鮮明に浮かび上がってきた。

「感想は言えないのか。大人の世界は、まだおまえには未知のことばかりだろう。そのうちわかってくる。けれど、もしおまえがすでに男を知っていたらと思うと、私はここしばらく、夜も眠れなかった。緋蝶に言おうか言うまいか、その前に、実の父の景太郎さんに相談すべきかと、ずいぶん悩んだ」

小夜は緋蝶にも景太郎にも知られたくないはずだ。彩継は小夜を自由にするために、脅しとは思われないように、しかし、実際は脅し以外のなにものでもない言葉をやんわりと吐いた。

「悩んだ末に、緋蝶や景太郎さんに心配をかけまいというところに落ち着いた。だから、私はこうしなくてはならないんだ。いい子にしてるんだぞ」

ワンピースの裾をまくり上げた。

「いやあ！」

悲鳴を上げた小夜が、大きく腰を振りたくった。淡い水色の綿のショーツは清潔で、彩継を落胆させることはなかった。

白い素足にも若さが漲っている。あるかなしかの淡い産毛。完璧に手入れされたツルツルの脚もいいが、透明な産毛には、それとちがう初々しさがあっていい。

小夜は彩継を蹴《け》り上げようとした。まだ脚だけは自由に動く。

「小夜、お行儀が悪いぞ」

彩継は両足首を揃えて左手で押さえ込み、右手でショーツをずり下ろしていった。

「いやあ！　いやあ！　いやあ！」

総身で暴れるだけ獣の血は滾《たぎ》るものとも知らず、小夜は屈辱のときから逃れるために、尻を振りたくって叫んだ。

あのときと同じ逆三角形の翳りが現れると、冷静でいることはできず、彩継の鼻から荒々しい息が洩れた。

いったん膝で引っかかったショーツを踝《くるぶし》まで下ろし、踝に置いている手をやや上に持っていって押さえなおして抜き取った。

「しないで。しないでお養父さま。いやあ！」

なすすべもなく恥ずかしいところを晒されていく屈辱に、小夜は泣きながら全身で抗った。

「おまえが本当に処女のままか確かめないことには、私は安心して眠ることもできないんだ。わかってくれないのか。そんなに大きな声を出すと喉をやられて声が掠れるぞ」

小夜の太腿の間に躰を入れた。どんなに小夜が脚をばたつかせても、決して閉じることはできない。腰を少し持ち上げ、枕を押し込んだ。

ワンピースがまくれ上がっているだけで扇情的だ。腰が高くなると、いっそうそそられる。援助交際などで羞恥も品もなくしている無価値な女とはちがう。

「男を知ってるな？」

泣きはらした小夜が首を振る。わかりきっていることだ。

「そうか。見てみればわかることだ」

「見ないで！」

「知り合いの医者を呼んだほうがいいのか？　そうだな、病院に行かないで、来てもらうのもいい。だけど、私も立ち会うぞ。ふたりきりにはできない。そのほうがいいか？」

「いやいやいや」

「だったら、私が検査する。小夜がいちばんいいと思うことをしてやる。いやらしい本のことも、こっそりと夜していることも誰にも言わない」

脅迫の言葉を口に出すことで、彩継は自分の行為を正当化させようとした。

「きれいな毛だな。小夜の下の毛は美人の形をしてる。女のそこの生え方にはいろいろあって、毛の濃さも毛の太さや硬さもいろいろあって、小夜のはとても上等だ」

翳りを初めてそっと撫でた。やわやわとした感触が掌に伝わった瞬間、ようやく愛しいものに触れられた感激に満たされた。

小夜が養女に来てからというより、そのずっと以前から触れたくても触れられなかったものだ。生涯、触れることが許されないかと思っていた。

（この美しい恥毛を、いま創っているおまえの人形に植えつけてやる……おまえの人形に魂を入れるには、ここの毛はどうしてもおまえ自身のものでなければならないんだ……）

秘園を創る日が来たら、小夜の翳りを一本ずつ丁寧に抜き、小夜人形に移しかえようと思っている。小夜の花園には、また新しい翳りが生えてくる。

緋蝶の翳りも、何回となく抜いてきた。生き人形の秘められたそこに、より現実感を持たせるため、人工のものではなく、緋蝶の美しい翳りをずいぶんと使ってきた。緋蝶の翳りが生え揃ってくると人形のために抜き、また生え揃うまで待つ。何体か並行して創るときは、他の女のものも使うが、緋蝶のものがもっとも美しい。

それが、同じ血の流れている小夜が現れ、こうして見ていると、緋蝶にも勝る翳りに思える。漆黒《しっこく》の艶といい、太さといい、上品さの漂う縮れ方といい、やさしい感触といい、文句のつけようがない。

けれど、彩継の感激とは裏腹に、小夜はそそけだっていた。おぞましいと思っているのか、恐怖と恥辱にまみれ、逃げることもできず、総身で拒否反応をおこしている。

「怖いか。恥ずかしいか。それは大人になろうとしている証拠だ。いい子だ。これ以上、声を出すんじゃない。いくら叫んでも誰も来ないぞ。それとも、誰かがこの部屋に来てくれたほうがいいのか？」

嗚咽《おえつ》する小夜の肩先が震えている。

彩継はさらに躰を太腿の付け根へと割り込ませ、小夜の脚の角度を広げた。膝から下をばたつかせていた小夜が、今度は上半身を使って腰を大きくくねらせた。

「そんなに動くと、いつまでも検査は終わらないぞ。明日の夜まで待たせるつもりか？　わかってくれるまで、このまま待つぞ。ここで食事もさせてやろう。私が食べさせてやる。トイレに行きたくなったら、オムツも買ってきてやる。ともかく、この目で確かめるまで、このままだ。最悪の場合、明日の夜、緋蝶が戻ってきても、このままかもしれない。そしたら、緋蝶にも、こうしているわけを話すことになる。緋蝶にも見てもらう。どうするつもりだ？」

これまで以上の激しい嗚咽が、小夜の口許から洩れた。これほどの屈辱に遭いながら、どうすることもできないのだという諦めを伴っている。

下半身の動きがやんだことで、彩継は心を弾ませながら、肉のマンジュウのワレメを、両手の親指で大きくくつろげていった。

「いや……」

小夜は泣きながら呟くように言った。

「いい子だ……」

彩継の声が震えそうになった。

（おう……こんな美しい秘貝があったのか……）

これまで知っている女の中で、緋蝶のものが最高だと思っていたが、小夜もよく似た器官を持っている。まだ男を知らないだけに、緋蝶のものよりピンクの透明度が高い。

一流の料理人が、息を呑むほど美しい材料を揃えて最高のデザートに挑んで完成させたような器官だ。触れれば溶けてしまいそうな、危うくも可憐な花だ。

全体の色、花びらの大きさと形、肉のマメを包んだ包皮の上品さ。そこから、メスの匂いというより、ほどよく熟れた果実の匂いでもしてきそうなやさしさだ。

小夜が激しくしゃくり上げた。それとともに腹部が硬直し、弛《ゆる》み、秘部全体も動いた。

「いい子だ……」

彩継は溜まった唾液を喉を鳴らして呑み込むと、秘口の脇、肉のマンジュウの内側に親指と人差し指を置いて、大きく割り広げた。

しゃくり上げる小夜の震えが大きくなったが、諦めたのか、暴れようとはしなかった。

花びらのあわいに秘口が広がり、透けた桜の花びらを想像させるような粘膜が輝いている。処女膜はさらに透明感を帯びてパールピンクに輝いていた。

毎月経血が流れ出るためには、処女膜はただの膜であってはならず、様々な形状の子宮へと続く孔《あな》がある。秘口のすぐ内側、二、三ミリのところにあることが多いが、入口から外に出ているものもある。

それでも、それを見ただけでは、処女か非処女か、なかなかわからないものだ。たとえ男を知らなくても、激しいスポーツなどによって破れる場合があり、なおさらだ。

小夜の処女膜などわざわざ見なくても、男を知らないことぐらいわかっている。自分の指を入れようとして顔をしかめていたのは、覗き穴から確かめている。

まだ無傷の清らかなピンクの膜を、彩継はしっかりと脳裏に焼きつけた。

「小夜、いい子だ。おまえの処女膜はまだきれいだ。まだ男なんか知らないのがわかった。あんな写真を見たがったのも、男を知らないだけ、興味があったからなんだな？」

いつまでも見つめていたい女の器官から、指を離し、頭を撫でた。

小夜の泣き声がまた高くなった。しゃくりかたも大きくなった。処女が証明された安堵と、もっとも恥ずかしいところを養父に見られてしまった屈辱から、激しく動揺している。

「もう泣くな。おまえが夜になると自分でしていることを、私がしてやる。自分でするより、もっともっと気持ちよくしてやる。泣きやむんだ」

まだ両手は拘束したまま、太腿の間で腹這いになり、腰をつかんでやわやわとした花びらの尾根を、舌先でそっと辿った。

「くうううっ」

両方の花びらを辿り終わらないうちに、小夜はそのときを迎えて打ち震えた。

今までよりわずかに色づいたかに見える花びらが、ぽっと咲きひらいている。潤みが秘口から銀の雫《しずく》となって溢れている。目の覚めるような鮮やかな景色だ。

包皮から顔を出している肉のマメを、舌先で軽く押した。

「んんっ！」

腰が跳ね、彩継は軽く顎を打った。

小夜の呆気ない昇天には、女になりきっていない初々しさがある。銀の雫がふくらみを増した。

肉のマメを包む包皮の上から舌を押しつけた。

た。

幼い小夜の後ろから膕《ひかがみ》に手を当てて抱き上げ、庭で小水をさせたことを、また思い出した。まだ翳りのないツルツルの女のふくらみを撫でたものの、そのワレメをくつろげ、やがて女になる部分に目を凝らしたことはなかった。

今になって、なぜあのとき……と、過ぎ去った遠い日が惜しくなる。しかし、今、小夜はここにいる。小夜の成長した器官を男として初めて眺めたのは自分にちがいない。いつか小夜を女にするのも、彩継でなくてはならないのだ。

「小夜はいい子だ。悪い子になるんじゃないぞ」

彩継は子守歌を歌うようにゆったりと言いながら、小夜を抱きしめた。

2

瑠璃子がやってきた。

居留守を使うのは不自然かと、黙りこくっている小夜に代わって、彩継が外に出て門扉を開けた。

「連絡しようと思っていたところだった。小夜はさっきからちょっと具合が悪いらしい。せっかく来てもらったが、きょうはそっと休ませておきたいんだ」

「昨日は何ともなかったのに、どうしたのかしら」

「勉強のしすぎで睡眠不足かもしれない。熱もないし、すぐに治るとは思うが」

「私が明日まで看病して上げるから大丈夫よ。小母さまがいないんじゃ、オジサマも大変でしょう？」

ミニスカートにノースリーブシャツの、健康的に日焼けした瑠璃子は、やはり泊まるつもりになっている。

「ありがとう。瑠璃ちゃんのやさしい気持ちだけもらっておこう。私がいるから大丈夫だ」

「でも、会ってもいいでしょう？　せっかく来たんだから」

「小夜と、いつものように話せないんじゃつまらないだろう？」

「ふふ、オジサマのこと大好きだから、オジサマさえいればつまらなくなんてないわ」

小夜とふたりでいたいのに、瑠璃子はどうしても割り込んでこようとする。きょうに限って鬱陶《うっとう》しいと思ったものの、高校生とは思えない色気づいた視線を向けられ、考えが変わった。

「そっとしておいてやりたいんだ。顔だけ見たら、私の仕事でも見学するといい。だけど、きょうは帰りなさい」

瑠璃子を入れて、門扉を閉めた。

小夜の部屋のドアを叩くと、返事がない。

「瑠璃ちゃんが顔だけちょっと見たいそうだ。入るぞ」

ドアを開けると小夜は布団を被《かぶ》って寝ていた。

「起こさないほうがいい。寝かせておいてくれ。やっぱり眠かったのかもしれない」

狸寝入りとわかっているが、後から入ってきた瑠璃子に、そう言った。

「お布団被って寝るなんて、健康に悪いんじゃない？」

瑠璃子が布団に手を伸ばした。

その手を止めた彩継は、ダメだというように首を振って、そのまま瑠璃子を小夜の部屋から追い出した。

「しばらく瑠璃ちゃんは、私の仕事を見ていくそうだ」

薄い肌布団越しに小夜の耳元で囁き、彩継も部屋を出た。

小夜は彩継だけでなく、瑠璃子とも顔を合わせるのをはばかり、しばらく出てこないだろう。

彩継は瑠璃子を工房に入れた。

「人形が好きなら、凄い人形を見せてやってもいいぞ」

「オジサマの創るお人形、どれも凄いわ。生きてるみたい。だから生き人形って言うんでしょう？」

「服を着てる人形しか見たことがないだろう？　脱いだらどうなってると思う？」

「手足が動くのとか、動かないのとかあって、ママのは木目込み人形だから、なんてことはないけど。たいていこんなふうかな」

工房にあった制作途中の胴体を指した。まだ型から抜いたばかりの最初の段階の張り子だ。いかにも人形という感じだ。

「それからいろんな手を加えて、もっともっと人間らしくなる。女の大事な部分だって、そっくりに創ることがある」

「大事な部分って……？」

瑠璃子が興味を示した。

「わからないのか？　わかったら見せてやってもいい。だけど、わからないんじゃ、まだ見せるのは早いということだ。またそのうちにということにしよう」

彩継は瑠璃子の反応を窺った。

「大事な部分ってアソコしかないわ。そのくらいわかるわ。小夜より早くお誕生日が来て、もう十六になったのよ。オジサマ、私を子供扱いしないで」

たかが十六歳。可愛いものだ。瑠璃子はすぐに彩継の企《たくら》みに引っかかった。

「アソコと言われてもな。どこもかしこもアソコだ」

「やだ。ばか……ココに決まってるでしょ？」

瑠璃子はミニスカート越しに秘園のあたりを指さした。

「ほう、瑠璃ちゃんの大事なところはそこか。確かに大事なところだな。そこに大事なものが隠れてるが、まさか、もうセックスを知ってるんじゃないだろうな？」

「オジサマ、今どきの中学生の何割が経験済みと思うの？　高校生なんか、都会じゃ、半分は経験済みよ。特に女は」

悪びれたようすもなく、瑠璃子が言った。小夜とは性格が正反対だ。小夜と瑠璃子をいっしょにしておく不安が、またも首をもたげた。

「瑠璃ちゃんは、まるでもう男を知ってるような口振りだな」

「知ってたらどうするの、オジサマ？」

瑠璃子は明らかに誘っている。挑発的な口調だ。

「別に。たとえ知っていたとしても、瑠璃ちゃんぐらいの歳じゃ、子供のママゴト程度だろうし、可愛いもんだ。セックスはセックスでも、大人のセックスと子供のママゴトは別物だからな。瑠璃ちゃんが知っていたとしても、ほんのオアソビのはずだ」

子供扱いするると反発するのを見抜いて、わざと素っ気なく言った。

「私、ちゃんとした大人よ」

「そうか、そうか。で、小夜はまだネンネだと思うが、どう思う？」

「小夜はウブすぎて、まだ小学生並よ。だから、私、何とかしなくちゃと思ってしまうの」

「なんとかって何だ。小夜に悪いことを教えたりしたら、瑠璃ちゃんにも、うんときついお仕置きをしなくちゃな」

「どんな？」

好奇心に満ちた瑠璃子の目が彩継に向けられた。

「小夜に悪さを教えたときのことだ」

「私、とっくに小夜に悪いこと、教えたわ。どうするの？　オジサマ」

瑠璃子が勝ち誇ったように言った。

「もし本当なら、素っ裸にして尻を叩きのめしてやるか」

「なんだ、たったそれだけ？」

瑠璃子は裸になりたがっている。彩継は誘惑しているませた十六歳の気持ちを読んでいた。

「素っ裸で尻を叩かれてもいいと思っているなら、まだアソコの毛も生え揃っていないか。それじゃあ、男なんか知ってるはずがないな」

「とうに知ってるわ。男なんて」

瑠璃子が挑戦的に言った。彩継は内心、笑った。

「そうか、そうか、小夜に悪いことを教えただけでなく、男も知ってるか。それは意外だった」

まるで信じていないという振りをして聞き流そうとする彩継に、瑠璃子は、本当よ、と意地になったように口を尖らせた。

「小夜に何を教えたっていうんだ？」

「小夜をお仕置きするなら言えないわ。私が悪いんだから、私にだけお仕置きするんならいいけど」

「悪いほうだけにするさ。何を教えたって言うんだ」

「絶対に小夜にお仕置きしない？　それと、私がしゃべったこと、小夜には秘密。約束してくれるなら」

「ああ」

「ふふ、小夜がウブすぎるから、セックスしてる写真の載ってる雑誌を見せたの。それとね、小夜とキスもしたのよ。小夜ったら、いつも硬くなってじっとしてるだけなの。それから、小夜のあそこを指でいじってイカせたの。小夜って、クリちゃんをいじったらすぐにイッたわ。でも、絶対にアソコを見せてくれないの。私は見せてあげたわ。ヴァージンじゃないから、指だって入れてみせたのよ。そして、小夜にオマメを触らせたわ。どう？」

覗き穴から見られなかった出来事が、瑠璃子の短い言葉で映像として浮かび上がった。

「それが本当だとして、瑠璃ちゃんは小夜のアソコを指でいじっただけか」

「どういうこと？」

「小夜がヴァージンなら、指を入れたりすると、たった一枚の処女膜が破けてしまうからな」

「どうせ破けるものだから、指で破いてもいいんじゃない？」

瑠璃子は彩継を怒らせたいために、わざと言っているのか。それとも、瑠璃子にとっては処女膜など、たいしたものではないのか。それなら小夜が危険すぎる。

「思っていたより悪い女のようだな」

「そうよ」

瑠璃子は誇らしげに言った。

「奥の蔵でお仕置きしてやろうか。蔵に入ると外に声が洩れないからな。小夜に聞かれることもない。怖いなら来なくていいぞ。小夜も昔は入ったことがあったが、ここの人間になってからは、いちども入ったことがない。誰でも勝手に入ることはできないんだ」

「いちど入ってみたかったの。嬉しい！」

瑠璃子は手を叩いた。

彩継は今いる工房の鍵を内側から掛けた。いつかのように、まんいち小夜に忍び込まれては困る。

瑠璃子は鍵をされたのを見ても動じなかった。

蔵の板戸の鍵をあけて中に入ると、板戸も閉じた。

「ふうん……何だか変わった雰囲気。あのおっきな箱には何が入ってるの？」

瑠璃子は真っ先に大きな桐の箱に興味を示した。

「大事な生き人形さ。見たいか」

「見たい」

「そうか、でも、この人形のことを人にしゃべられると困るから、そう簡単には見せられない。それに、まずは約束どおり、お仕置きからだ」

近くにあった長持ちに、瑠璃子の上半身をうつぶせにして押さえ込んだ。

「あう！」

彩継の一瞬の動きに抗うこともできないまま、瑠璃子は背中を押さえつけられていた。

「いやっ！」

瑠璃子は長持ちの表面からこぼれ出ている手足をばたつかせた。

「小夜を傷つけるようなことがあったら、絶対に許さないぞ。どうせ破けるものなら指でもいいだと？　処女膜はな、そんなことで破くものじゃない。いいか、していいことと悪いことがあるんだ」

片肘で背中を押さえつけ、ミニスカートの後ろのファスナーを下ろし、毟《むし》り取るように床に落とした。

「ほう、真っ赤なショーツとはなかなかそそるじゃないか。だけど、まだオケケは生えてないんだろう？　ケツを叩くときは直にひっぱたかないとな」

赤いショーツを太腿までずり下げた。まだまだ骨盤の発達しそうな臀部だ。小夜と比べると大人と子供のように骨格に差がある。

起きあがろうともがく瑠璃子の背中を左掌で押さえなおし、右手を振り上げて尻たぼを打ち叩いた。

「ヒッ！」

バシッと派手な肉音が弾け飛ぶと同時に、瑠璃子が悲鳴を上げた。

「容赦しないと言ったはずだ」

反対側の尻に、二発目を振り下ろした。

「ヒッ！」

「いい音だ。叩き甲斐があるケツだ」

左右交互に尻たぼを打擲《ちょうちゃく》した。

「ヒッ！　痛っ！　ヒッ！」

「私を甘く見てたんじゃないか？　よその子もうちの子も同じだ」

「痛っ！　許してっ！　ヒッ！　小夜のアソコ、もう触らないから！　あうっ！」

「触ってもいいぞ。やさしくならな。ヴァージンのうちはアソコに指を入れたりするな。オママゴトぐらいなら許してやってもいい」

紅い手形のついた尻はひりついているだろう。

「もう少し叩かれたいか？」

「いや……痛い……もういや」

瑠璃子は鼻をすすっていた。

「さっきの元気はどこにいった？　叩かれてオシッコでも洩らしてるんじゃないか？」

尻のほうから女の器官へと指を伸ばした。

「あう……」

初めて女らしい喘ぎが洩れ、彩継はクッと笑った。

秘園には、ぬめりというより湿り気があった。打擲されるたびに痛みや恐怖で汗を噴きこぼしたせいだ。

会陰から花びら、肉のマメへと、形を確かめながら指を押し込んでいった。

「ほう、ちゃんとオケケが生えてるようじゃないか」

肉のマンジュウに載っている翳りを確かめた彩継は、なおも背中を押さえたまま、秘園で指を動かした。

やさしいタッチで花びらをいたぶり、肉のマメは包皮の上から、ときたまいじる。そうしながら、親指では、すぼんだ後ろのすぼまりを揉みしだいた。

「くうう……くっ。い、いや……う、後ろ、いや……あうう……しないで」

後ろをいじられるのは初めてらしく、すぼまりに触れられるたびに、瑠璃子の尻はヒクッと跳ねる。

尻に唇をつけ、軽く表皮を嚙んだ。

「あう！」

また尻が跳ねた。

中指だけでなく、人差し指や薬指も秘園で動いている。アヌスも触られ、双丘は甘嚙みされ、瑠璃子は跳ねたり喘いだり、悲鳴に似た小さな声を押し出したり、異なった感触に対して次々と反応している。だが、彩継は、絶頂を極めない程度の、間延びした愛撫を加えていた。

秘部がぬめりを帯びてきた。後ろのすぼまりさえ、しっとりとしてきた。

「本当に男を知ってるのか？　ヴァージンじゃないなら、指ぐらい入れてほしいんじゃないか？」

「うぅん……ああう」

瑠璃子はしゃべる気力もなくなったのか、指の動きに合わせて喘ぎを洩らすだけだ。

「太いのを入れてくれと言われても、まあ、それはやめておくがな」

ぬるぬるした秘園でモゾモゾと指を動かしていると、瑠璃子は横に8の字を描くように尻をくねらせた。それは、いかにも、もっと、とねだっているように見えた。

彩継はわざと指の動きをひかえめにした。ときには、花びらと肉のマンジュウの間に指を置いたまま、じっとしていた。

腰がもじついた。もじつくと、指先をひくりと動かした。それだけだ。

「あは……あん……」

鼻にかかった誘いの喘ぎが洩れた。

それでも指が動き出さないとわかると、

「ね……ねェ……」

尻を叩かれた痛みも忘れたように、尻を振った。

「なんだ」

「して……アソコが変……ねェ」

瑠璃子はまた尻を振った。

「だったら床に四つん這いになれ。言うとおりにしないと、またケツの皮が剝けるほどひっぱたくぞ」

長持ちから下ろし、尻をひっぱたくと、ヒッと呻《うめ》いて、慌てて犬の格好をした。

「肘を折れ。頭は床につけろ。四つん這いよりケツだけ上がってるほうがいい。聞こえないか!」

「あう!」

ふたたび打擲された瑠璃子は、肘を折って、破廉恥に尻だけ掲げた。女の器官がよく見える。

小夜より花びらが大きく、翳りは濃い。肉芽を包む包皮がもっこりとしている。全体の色素はまだ淡いが、小夜のものよりは濃い。男の経験が少ない少女の器官という感じはするが、すでに少女というにはほど遠い肉体をしている。

「可愛いメスのワンちゃんだな。いやらしい性器が丸見えだ。この格好で男のペニスを入れられたことはあるか？」

「ない……」

「嘘つけ」

「すぐ外れたから……」

「したことがあるってことじゃないか。すぐ外れたか。ガキのママゴトじゃ、そうだろうな」

彩継はぬめっている秘口に掌を上向きにして、初めて中指の先を奥まで押し込んでいった。すでに男を知っているだけに、難なく沈んでいった。

瑠璃子は一人前に喘いだ。

「確かにヴァージンじゃなさそうだな」

秘壺の指をさっさと抜いた。瑠璃子は肉茎を挿入してもらえると期待しているのか、息は荒いものの、じっとしている。

彩継は右の人差し指にサックを被せたのを悟られないようにして、尻たぼを撫でまわした。いくつもの紅い手形がついていて滑稽だ。

「ケツは可愛いじゃないか。お尻の穴もなかなか美人だ」

「いやっ！」

尻が落ちた。

すかさず平手でひっぱたいた。

「痛っ！」

「動くなと言っただろう？　今度動いたら、天井からぶら下げるぞ。脅しじゃないからな」

尻を撫でまわし、すぼまりの中心へと、中指と薬指による愛撫を進めていった。

「くっ……そこは……あう……いや」

「贅沢を言うな。悪い女にはそれなりの仕置きがあるんだ」

サックを被せている人差し指を、すぼまりの中心に押し込んだ。

「ぐっ！」

一瞬にして瑠璃子の皮膚がそそけだった。

「動くと裂けるぞ。前はヴァージンじゃなかったが、後ろはヴァージンだろうな？」

まだ第一関節までしか沈んでいない指を押した。瑠璃子が力を入れているので、そこから沈んでいかず、アヌスが指といっしょにくぼんだ。

「い……や……しないで」

掠れた声が洩れた。

「ここはヴァージンか？　男のものを入れたりしてないだろうな？　どうだ」

沈んでいかない指を、今度は引いた。第一関節まで咥え込んだまま動かないので、くぼんでいたアヌスがもっこりと山をつくった。

「うくく……動かさ……ないで」

瑠璃子の皮膚がねっとりと汗ばんできた。

「リラックスすると、ここも案外気持ちいいもんだぞ。そう硬くならずに深呼吸してみろ。しろ！」

やさしい言葉の後で怒鳴ると、瑠璃子が息を吐いた。すぼまりが弛んだ。その隙を逃さず、指を沈めた。

「ヒッ！」

第二関節まで沈んだ指に、瑠璃子がそそけだった。瑠璃子はもう動けない。アヌスの指一本で自由を失っている。

すぼまりの指をそのままに、左手は秘園にまわし、花びらや肉のマンジュウ、鼠蹊部《そけいぶ》、会陰と、秘壺以外を撫でまわした。

「くう……くっ……んんっ」

立派に育っている体軀とは裏腹に、仔犬のような喘ぎが洩れた。そして、みるみるうちに汗まみれになり、肩の横でギュッと拳《こぶし》を握った。

「いいか？」

「んん……気持ち……悪い……いや」

瑠璃子はやっとのことで言った。

「気持ち悪いだと？　じゃあ、このヌルヌルは何だ」

秘口に溢れた蜜を掬い取るとき、アヌスがまた締まった。

「ゆっくり息をしろ。後ろの指がスムーズに動くようになるまで、何時間でもこのままだからな」

瑠璃子は言われたように息を吐く。弛んだところで指を沈めたり引いたりした。

フウッと息を吐くときに動く指を気色悪がっていた瑠璃子が、やがて指の出し入れのたびに、それまでとちがう、すすり泣くような喘ぎを洩らすようになった。

秘園の指もいっしょに動かすと、徐々に尻を突き出すようになった。

「そんなにいいのか。こんなことぐらい、いつでもしてやるぞ。そのかわり、このことは誰にも言うな。そして、絶対に小夜の処女膜には触るな。わかったか」

「う……うん」

すすり泣くような喘ぎの中で瑠璃子が承諾した。

「よし、それならそろそろイカせてやるか」

焦らすようにいじりまわしていた女の器官はトロトロだ。肉のマメを包む包皮を、指先で揉みしだいた。やや大きくなっていたふくらみの感触がいい。

「うっ、うっ、うっ、うっ」

絶頂のときが近づいている。

アヌスの指を少し押し込み、抜いた。その瞬間、怖ろしいほど硬直した瑠璃子が、総身を痙攣させ、すぼまりをひくつかせた。

彩継は痙攣している瑠璃子を仰向けにした。太腿の間に割り込み、内腿を掬い上げてMの字にし、会陰から肉のマメに向かって、べっとりと舐め上げた。

「んんっ！」

最初の絶頂と重なり、新しい波が瑠璃子を襲った。

総身の痙攣を冷静に見つめながら、また彩継は充血している器官に舌を這わせた。

「くうっ！」

シャツの下のふくらみが波打っている。下半身だけ剝いた女の卑猥さは絶品だ。

会陰から肉のマメに向かっての舌戯を数度繰り返すと、瑠璃子の声は悲鳴に近くなった。

そして、ヒイッ！　と叫んだ後、

めた。

「ああ……」

と、気抜けた声を洩らした。

彩継の作務衣に向かって、湯気を立てた小水が降りかかった。アンモニアの匂いがたちこ

「洩らすほど気持ちよかったか。えっ？」

さすがに瑠璃子は恥じ入っている。口を半びらきにして、虚《うつ》ろな目をしていた。

彩継は濡れた作務衣の上衣を脱いでまず床に敷き、ティッシュで瑠璃子の股間を赤ん坊のオムツを替えるようにして拭いてやった。

瑠璃子はよほどショックだったようで、されるままに押し黙っている。

作務衣の上衣に小水を吸い取らせた彩継は、動かない瑠璃子の脇に横になり、唇を合わせた。それでも瑠璃子は動かなかった。

「大人のセックスはじっくりとやるもんだ。今までのは前戯。メインディッシュ前の、ほんの軽い食前酒ってとこかな。本当なら、これからそろそろセックスがはじまるってわけだ。いくらセックスを知っているといったって、ガキの遊び程度の、入れて出してで終わることしかしたことがなかったんだろう？　本番が始まる前にオシッコを洩らすようじゃ、やっぱりガキだな」

瑠璃子は自分のものになったと確信し、彩継は頭を撫でた。

「もっと楽しくて気持ちのいい大人の世界を教えてほしければ、何もしゃべるな。ふたりだけの秘密だ。小夜に知られたら、二度とここに来ることはできなくなるぞ。秘密を守れば、もっと気持ちいいことを教えてやる」

彩継は瑠璃子のノースリーブのシャツを首まで捲《まく》り上げ、発達した乳房を観察した。そして、つんとすましているような乳首を口に入れたあと、解放した。だが、瑠璃子はすぐには動かなかった。

3

瑠璃子は小夜に挨拶もしないで、上気した顔のまま帰っていった。

卍屋の須賀井から電話があり、緋蝶が旅行中だと告げると、美味いものをご馳走するから、小夜と出てこいと言った。

小夜と初めてのふたりきりの夜だ。だが、部屋に鍵をかけたまま出てこない小夜との会話をスムーズに再開させるには、須賀井との食事は打ってつけかもしれない。

隣接した和室から覗いてみると、小夜はまだベッドに横になっていた。しかし、ときおり立ち上がって、ドアの外を窺っている。下腹部を押さえたりして落ち着かない。そのうち、彩継と顔を合わせるのをためらい、トイレに行きたいのを我慢しているのだとわかった。

彩継は小夜の部屋の合鍵を持ち、ドアの前に立った。

「小夜、美味いものを食べに行くぞ。出て来い」

ノックをしても反応がない。

「餓死させるわけにはいかないから、入るぞ」

彩継は心弾ませながらドアを開けた。

ベッドに横になり、肌布団を被るだけでなく、しっかりと躰に巻きつけているのがおかしい。滑稽なほど素早くベッドに潜り込んで、布団を巻きつけのだ。

「小夜、拗《す》ねてるのか？　それとも、まだ恥ずかしがってるのか？」

覗き穴から見た感じでは、あと二十分もすればトイレが我慢できなくなるのは想像できるが、布団を引き剝がした。

「あっ！」

「シャワーを浴びて汗を流してこい。卍屋がうまいものをご馳走したいそうだ」

「いや……」

視線を合わせないようにして、小夜はようやく聞きとれる声で言った。

「くうっ！」

そのままにしていると小夜は何度かエクスタシーの硬直を繰り返した。

「い、い、いやあ！」

大きすぎる快感に耐えきれなくなった小夜が、総力を振り絞るようにして、全身で暴れた。

彩継は顔を離した。

汗ばんだ小夜は大きく口をあけ、苦しいほどに胸を喘がせている。

大人になりきっていない、それでも絶頂を得た直後の表情を刻んだ小夜に、彩継は興奮した。覗き穴のようなレンズ越しではなく、直に目の前で見る法悦は、いちだんと生々しい。

犯したい……。自分の手で女にしたい！

激しい欲求が噴き上がっている。だが、待たねばならない。今は早すぎる。ほんの少し、あと少しだけ待たねばならない。

「自分の指でするのもいい。だけど、私に舐められると、もっと気持ちがいいだろう？　養母さんには秘密だ。ふたりだけの秘密だ。動物が、生まれた子供の全身を舐めてやるように、いつでも私がそうしてやる。おまえの満たされないところは、私が満たしてやる」

彩継は両手のいましめを解き、赤くなった手首をさすってやった。

恥ずかしさのあまり、小夜は背を向けてすすり泣いた。その姿がまた彩継の獣欲をそそっ小夜の泣き声がまた高くなった。しゃくりかたも大きくなった。処女が証明された安堵と、もっとも恥ずかしいところを養父に見られてしまった屈辱から、激しく動揺している。

「もう泣くな。おまえが夜になると自分でしていることを、私がしてやる。自分でするより、もっともっと気持ちよくしてやる。泣きやむんだ」

まだ両手は拘束したまま、太腿の間で腹這いになり、腰をつかんでやわやわとした花びらの尾根を、舌先でそっと辿った。

「くうううっ」

両方の花びらを辿り終わらないうちに、小夜はそのときを迎えて打ち震えた。

今までよりわずかに色づいたかに見える花びらが、ぽっと咲きひらいている。潤みが秘口から銀の雫《しずく》となって溢れている。目の覚めるような鮮やかな景色だ。

包皮から顔を出している肉のマメを、舌先で軽く押した。

「んんっ！」

腰が跳ね、彩継は軽く顎を打った。

小夜の呆気ない昇天には、女になりきっていない初々しさがある。銀の雫がふくらみを増した。

肉のマメを包む包皮の上から舌を押しつけた。

「育ち盛りだ。腹が減ってるはずだ。まず、シャワーだ」

　ワンピースにすっかり皺が寄っている。荷物でも持ち上げるように、ヒョイと抱き上げた。

だが、幼いときに抱き上げた人形のように軽い小夜ではなかった。

「いや！　いや！」

　小夜が暴れるたびに、若い女独特の蒸せ返るような甘やかな汗と肌の匂いが、そこら中に
撒《ま》き散らされていった。

「いやっ」

「そんなにいやなら、私がシャワーをかけてやろう。あんなところまで見られたんだ。もう
裸になっても恥ずかしがることはないだろう？」

　下腹部だけしか見ていない。この機会に全身を見てみたい。覗き穴越しの裸体は遠すぎた。

男の躰がどう変化するかも見せておきたい。彩継の股間のものは漲っていた。

　浴室脇の脱衣場で小夜を下ろした。

　簡単に服を脱ぐはずもない。

「小夜はずっとここで暮らすために、深谷から柳瀬の姓にしたんだろう？　父娘がいっしょ
にシャワーを浴びるのがおかしいか。おまえと私は親子だ。私や緋蝶は、おまえにとって、
まだ他人か。再婚した親の元に帰るつもりじゃあるまい？」

後妻の連れ子の瑛介の存在が、景太郎の再婚を悩ませていた。それを知った小夜が自発的に彩継達の養女になることを申し出たことを、いまだに知る者はなく、彩継も知らなかった。だが、景太郎の家に戻りたいなどと言えるはずはないと、彩継は小夜の性格がわかっているだけに確信していた。

「緋蝶を哀しませたりしないだろう？　シャワーだ。うしろを向け。ファスナーを下ろしてやる」

小夜は泣きそうな顔をしながら、背中を向けた。

どんな細部の狂いも許さない人形を創る器用な指先だが、ファスナーを下ろすとき、不覚にも震えそうになった。

秘園をくつろげるときもそうだった。少しずつ少しずつ小夜に近づいていく気がする。いちど蜘蛛《くも》の糸に触れてしまった昆虫は、もがけばもがくほどねばついた死の糸に絡まっていく。小夜もいったん彩継に触れられた以上、もはや逃れるすべはない。

ワンピースを落とし、邪魔なブラジャーのホックを外した。

「下は自分で脱ぐだろう？　それも脱がせてもらいたいか？」

後ろを向いている小夜は、苦しそうな呼吸をしながら迷っている。けれど、彩継がショーツに手をかけると、その手を拒み、自分で下ろして片膝ずつ曲げて踝から抜いた。

まだ脂肪の少ない細身の背中。くびれたウェストと、大人へと成長をはじめたばかりの少女の臀部。十五歳の終わりに近づいている白い総身は、シミひとつなく、背中は絹地をひろげたようにすべすべとした光沢を放っている。肩胛骨《けんこうこつ》の脇から、透明な天使の羽が生えているような錯覚すら覚えた。

日焼けしていた瑠璃子の躰とは、肌の色だけでなく、雰囲気もまったくちがう。

小夜は同じ年頃の他の女達とは異質の、品格や雰囲気を漂わせている。今さら他の女達を並べてみるまでもなく、多くの女と接してきた彩継にはわかる。

緋蝶や亡き胡蝶の持っていたオスを惹きつけてやまないメスの妖しいフェロモンを、その血を分けた小夜も、確実に受け継いでいる。

彩継は作務衣を脱ぎ、裸になると、小夜の背中を押して浴室に入った。

小夜は無言だ。彩継の前で、決して向き合おうとしない。壁に塡め込まれた鏡の自分と向かい合っている。

彩継は小夜の横に躰を移した。

「見ろ。本物を見るのは初めてだろう？　男のものが勃起するとこうなる。あんな写真を見るより、実際に見たほうがよくわかるだろう？」

目の前の鏡に否応なく映し出された彩継の剛直に、小夜は溜まった唾液をゴクッと呑み込んだ。

「触ってみろ」

小夜の手首をつかみ、強引に肉茎に触らせた。

「あう！」

指先が側面に触れただけで、小夜は怖ろしさに手を引いた。

「いつか女になるとき、こんなふうに硬く大きくなったものが、アソコに入っていくんだ。これを受け入れたとき、おまえは女になる」

小夜は怯えた。

下腹部の黒い茂みからニョッキリと生えている肉棒はエラを張り、その側面には、地を這う根っ子のような血管が這っている。

自分の細い指一本入らなかった秘密の場所に、こんなものが入るはずがない。男を知っている瑠璃子をはじめ、いかがわしい写真に載っていた女達のそこは、自分のものとはちがうのだ……。

小夜は、自分は男のものを受け入れられない躰なのだと思った。

「握ってみろ」

小夜は首を振り、全身で拒んだ。

「どうしたら精液が出るか、教えてやる」

またも彩継は強引に小夜の手を取って肉茎を握らせ、上から押さえ込んでしごきはじめた。

小夜は手を離そうともがいた。彩継は白い手に握られた剛直を、射精を迎えるためにしごき続けた。

「ヴァギナに入れて腰を動かす代わりに、こうやって男はマスタベーションをするんだ。おまえが自分の指でアソコをいじるのと同じようなことだ。自分で自分を気持ちよくさせるんだ。うんと気持ちよくなってくると」

彩継は側面をしごく速度を増した。

「精液が噴き出す……それが女の中で射精すると卵子と結びついて、妊娠して子供ができる……」

彩継の手は、さらにスピードを増した。

小夜は押さえ込まれている手が潰《つぶ》れそうな気がした。痛みに顔をしかめた。

「もうじきだ。よく見てろ。出るぞ……うっ！」

彩継の硬直と同時に、鈴口から白濁液が噴きこぼれた。鏡にべっとりとつき、トロリと流れ落ちていった。

クリの花に似た生臭い匂いが浴室を満たした。

シャワーを浴びて浴室から出た小夜の掌には、グロテスクで硬い剛棒の感触が残っていた。鏡についた白い樹液の流れ落ちるさまも、脳裏にこびりついていた。

「シャワーだけでのぼせたわけじゃあるまい？　あんまり卍屋を待たせると悪い。行くぞ。そうだ、小夜は着物が似合う。風呂上がりの色っぽい姿を見せてやれ。私が着せてやろう」

彩継は桐箪笥の置かれた部屋に、躰を隠そうとする裸の小夜を引っ張っていった。

茶道や華道に熱心な緋蝶の着物は、四季ごとに整頓されて仕舞われている。小夜の祖母にあたる緋蝶の母のものや、亡き胡蝶の着物も集まっており、桐の箪笥は数竿《さお》あったが、どれもいっぱいだ。

夏の着物だけ入った箪笥を開け、畳紙《たとう》に記された生地や柄や色を見ながら、彩継は「藍染め、板締め絞り、縦縞」と書かれたものを引っぱり出した。白地に藍色の細く滲んだ縦縞がすがすがしい。

「よし、これだ。帯はしっとりして、しかも鮮やかなのがいい」

彩継が選んだのは芭蕉布《ばしょうふ》の紅型染めで、沖縄特有の鮮やかな色彩によって、抱瓶《だちびん》と曲線の優雅な紐が描かれていた。

「まだ自分で着られないんだろう？　早く覚えるといい。ここにはいくらでも着物があるからな。おまえは、緋蝶や亡くなったお母さんとたいして骨格が変わらないからよかった。今どきの若いのは大きくて、ここにあるものは着せられない。瑠璃ちゃんにも無理だな」

足袋を履かせ、腰に湯文字を巻こうとすると、小夜は背を向けて自分でつけた。肌襦袢も背を向けたまま、自分で袖《そで》を通した。

長襦袢は袖を通したものの、戸惑っている。

大きな人形を創って着物を着せることが多い彩継は、着付けはお手の物だ。小夜に着せるのは初めてだが、迷うことはない。

着物を着せ、伊達締めで形を整え、帯にかかる。十五分もすると、小夜は愛らしくも小粋な女に仕上がっていた。

「髪を上げると、もっと変わるんだが、まあ、このままでもいい」

ダウンヘアの後頭部に、縮緬《ちりめん》細工の花簪《かんざし》を挿した。

「どうだ。見てみろ」

三面鏡の前に立たされた小夜は、いつもとちがう自分の姿に息を呑むほど驚いた。

ここに来て、何度も緋蝶に着物を着せられていたが、きょうのような雰囲気になったことはいちどもない。何かがちがう。どこかしら大人びて見えた。

「緋蝶の趣味と私の趣味はちがう。これが小夜に対する私の好みだ。卍が驚くぞ」

彩継はフフと笑った。

死ぬほど恥ずかしいことをした彩継から着物を着せられ、いつもより美しいと自分でも感じてしまうような姿になったのを見ると、小夜はよけい混乱した。

(お養父さまのことがわからない……これからいっしょに暮らすのが恥ずかしすぎて辛いと思っていたのに……私にこんな素敵な着物を着せてくれて、得意そうに笑って……)

「気に入らないのか？　どうしてもイヤなら別のものに着せ替えてやる。だけど、これはいいぞ。いやなのか」

無言の小夜に、彩継は仕方ないというように、帯締めを外そうとした。

「これでいい……」

小夜は慌てて口をひらいた。

「そうだろう？　これがいい。行くぞ」

彩継は濃い藍染めの着物に、白い角帯で浪人結びにした。

いつも作務衣ばかり着ている彩継の感じも、すっかり変わった。もともと眉の濃いしっかりした顔立ちの男だけに、役者のようだ。

小夜は無口だった。昨日までのように彩継と気安くしゃべれない。しかし、彩継のことばかり考えていた。

恥ずかしい秘密を何もかも知っていた彩継。両手をくくりつけてまで、恥ずかしいところを覗いた彩継……。風呂で勃起した奇怪な肉茎をつかませ、射精を見せた彩継……。

それなのに、何もなかったように着物と帯を選び、上手に着せてくれた彩継……。

心をどこかに置き忘れたようにぼんやりしていると、タクシーはいつしか料亭〈瓢簞《ひょうたん》〉についていた。

「ほう……」

待ちかねていた卍屋の須賀井が、部屋に通された小夜を見つめ、息を呑んだ。

「私が選んだ着物と帯だ。小夜の雰囲気にぴったりだろう？」

彩継は誇らしげに言った。

「すっかり女っぽくなって、ただの高校生には見えないな……やっぱり似てきた……緋蝶さんや胡蝶さんに」

「当たり前だ。胡蝶の娘で緋蝶の姪で、今ではうちの娘だ」

「先生まで着物とは、揃いで妬《や》ける」

「親子を妬いてどうする。小夜、挨拶はどうした」

小夜は部屋に入るなり、ずっと目を伏せていた。

「お久しぶりです……」

胡蝶が亡くなって四年余り。それまでは彩継の屋敷でときおり須賀井と顔を合わせることがあったが、今回は、ほぼ二年ぶりだ。

中肉中背の須賀井は企業にでも勤めている男のように、いつも背広にネクタイで、骨董屋らしくないと彩継に言われ続けている。だが、ラフなポロシャツなど着ることはなく、いつも仕立てのいい背広と渋いネクタイに変わりはなかった。

「ほんとに見ちがえるようだ……粋な着物がこの歳で似合うとは、末はどうなるかな。酒が入ると、もっと色っぽくなるだろうな」

「ばか言え。まだ小夜にはビール一杯ぐらいしか呑ませられないぞ」

「着物には日本酒と決まってるじゃないか。もったいないな。まあ、美味いものでもどんどん食べてもらおうか。早く十八になってもらわないとな」

「酒は二十歳からだ。だが、今どきそんな奴はいないだろうから、十八になったら酒ぐらい許してやるがな。おまえ、こんな若い女に惚《ほ》れるなよ」

彩継はわざとらしく言った。

須賀井はいちども結婚したことがない。そのわけを彩継は小夜や胡蝶に訊かれたことがあったが、ある生き人形に恋しているらしいとこたえた。

それは、彩継の創った生き人形だ。そして、その顔は胡蝶そのものだった。

蔵にある胡蝶の生き人形とは表情のちがう、悩ましい顔をした三十路のころの胡蝶に、須賀井は魂を奪われている。生身の胡蝶を愛することができなかった代わりに、彩継に胡蝶の生き人形を頼み、それを愛してきた。

胡蝶は須賀井に愛されていたことに気づかないまま逝った。だからこそ、景太郎と結婚した後も、須賀井とは気安く話していた。

「ほんとに綺麗だ……こんなになるとはな……もう少ししたら、胡蝶さんそっくりになるんだろうな……」

須賀井の目が小夜を女として見ていることを、彩継はすぐに悟った。

第五章　美酒

1

蟬が鳴き声を競っている。

例年より暑い夏だ。だが、椿屋敷では、多くの木々が地表の熱をやわらげていた。池の端の白と黄色の睡蓮がひらきはじめ、鯉がその間を縫うように遊んでいる。

緋蝶と小夜は実父の景太郎の家に、養女となって初めて挨拶に行った。

電話連絡は取っても、夏休みまでは景太郎に会わないし、会いに来ないでほしいというのは、小夜から言い出したことだ。

実の父と別れて暮らすのに、未練がないはずはない。屋敷に来たものの、早々に実父への未練を持たれ、養女を解消すると言われる可能性も捨てきれないと、彩継は当初、不安を消せなかった。だが、たとえ戻りたくても、もう戻れないのだ。

小夜は重大な弱みを握られている。緋蝶にも景太郎にも、決して明かされたくないと、戦々恐々としているはずだ。しかし、彩継は、そんな脅迫じみたことで小夜を縛りつけようなどとは、毛頭思っていなかった。

精密な人形を創る指、そして、多くの女達を喘がせてきた舌や唇の感触を覚えさせ、やがて肉の虜にしていくのだ。追い払っても追い払っても縋《すが》りついてくるような、そんな女にしたい。小夜は娘でなくてはならず、そのうえ、女でなくてはならない特別の存在だ。

「本当に小夜、夜まで戻ってこないの……？」

小夜にないしょで屋敷にやってきた瑠璃子が、不安そうに訊いた。

「いくら早くても九時だな。そんなに心配か。どうにでも言い訳できるじゃないか。私の弟子になるということにするか？」

彩継の軽い言葉に、瑠璃子の顔が輝いた。

「高校をやめてもいいから。オジサマの……先生の」

瑠璃子が慌てて言い直した。

「先生の弟子にして」

「勉強はしておくものだ。勉強して損はない。まあ、弟子見習いぐらいにしておくか。弟子はとらない。今までそうだった。未来のことはわからないがな。ところで、何を期待して来たんだ」

　自分で呼んでおきながら、彩継はわざと訊いた。

　瑠璃子は朱色のタンクトップに黒いコットンのミニスカートで、躰の線が出るように故意に選んできたのではないかと思えるほど、脚の長さや若さが強調されている。

「呼ばれたから……」

　瑠璃子は彩継を上目遣いにチラッと見つめ、いつになく羞恥の表情を見せた。

　今までのように、小夜のクラスメイトという感じではなく、自分が女で彩継が男だということを百パーセント意識している。先日の続きを期待していることは尋ねるまでもない。そして、彩継もそのために瑠璃子を呼んだ。

　瑠璃子のような半熟の女を虜にするのは簡単だ。男を知っているが、まだ本当の悦びを知らないような女なら教え甲斐がある。しかも、ややアブノーマルな行為を教え込むとなると、いつもながら血が騒ぐ。

「呼ばれたとはいえ、私ひとりとわかっていて来たからには、それなりの覚悟はあるんだろうな？」

　これまでのような闊達《かったつ》な瑠璃子ではなく、人がちがうようにもじついている。

「いやならさっさと帰ったほうがいいぞ。送ってやろう」

「いや」

「小夜におかしなことはしてないだろうな？」

「いっしょに寝ても……もう変なとこ、いじらないから……」

「いじってもいいと言っただろう。だけど、乱暴にするな。それと、絶対にアソコに指を入れたりするな。それだけ守ればいい。小夜はまだヴァージンでなくてはならないんだ。変な男がくっつきそうになったりしたら、私にこっそり教えるんだ。約束できるか？」

瑠璃子が頷いた。

「よし、何を期待しているか知らないが、大人の世界を教えてやろう。だけど、またオシッコを洩らされたんじゃ、たまらんな。よけいなことをしゃべると、蔵で洩らしたこと、小夜に言うぞ」

「言わないで……」

瑠璃子は生育のいい胸を波打たせながら小さな声で言った。

時間はたっぷりある。

工房に連れ込み、鍵をかけた。それだけで、期待と不安で瑠璃子の息は乱れた。

「若いときは若い者同士のほうがいいんじゃないか？　私のどこがいい？」

作業中は物置になることも多い長椅子に並んで腰掛けた。

「オジサマは……あっ……先生は有名で格好いいし……何でも知ってそうだし、いろいろ教えてもらいたいし……」

「何を教えてほしいんだ」

「何でも……こないだは凄い生き人形を見せてくれるって言ったのに、私、まだ見てない」

「人形を見に来ただけか」

うつむいた瑠璃子がしばらくして、首を振った。

「いつもの元気はどうした」

「だって……先生があんなことしたから」

羞恥を知っていないと女は魅力がない。瑠璃子も少しは恥ずかしさを知っているようだ。羞恥心のない女は抱く気にならない。もっとも、羞恥心がなくても、根っから陽気な女とのベッドインなら、それはそれで楽しい。

「また、あんなことをしてほしくて来たのはわかってるんだ。きょうはもっと感じることをしてやろう。それには素直に言うことを聞いてもらわないとな。どうだ、私の自由にさせるか？　いやなら帰るのは今のうちだぞ。瑠璃子の意志を尊重してやる」

瑠璃子が留まるのはわかっている。

「帰るか？」

瑠璃子がうつむいたまま首を振った。

「好きにさせるんだな？　これからはイヤだと言っても遅いぞ。どうする？」

瑠璃子の鼓動が聞こえてきそうだ。

「帰るか」

「帰らない……」

「よし、いい子になるってことか」

小夜をくくった丸ぐけの帯締めを出すと、瑠璃子は小首をかしげた。

長椅子に腰かけたまま、瑠璃子の両手を取って後ろにまわすと、何をされるかわかった瑠璃子の息が荒くなった。

「人間というのは不思議なもので、抵抗できなくなるほど全身が敏感になる。まだこんなことを教えるのは子供の瑠璃子には早すぎるがな」

肩で息をしているものの、抵抗しない瑠璃子の両手首を、後ろ手にしてくくった。

「小夜の友達を私が抱くわけにはいかない。だからセックスはしない」

瑠璃子の落胆が伝わってきた。

「だけど、セックスは最後の行為より途中が面白いんだ。若いときは単純に出し入れするだけで十分に満足するかもしれないが、それはただの動物だ。人間は頭を使う。セックスをするにも頭脳を使って楽しむ。ヴァギナで楽しむだけじゃなく、全身で楽しみ、むろん、アヌスでも楽しむ」

ニヤリとすると、瑠璃子は怯えた顔をした。だが、それにもいくばくかの期待が込められているのがわかる。

「瑠璃子とヴァギナでのセックスをするかもしれないが、それはずっと後の話だ。今はアヌスだけでできるように訓練したいと思うんだが、賛成だろう？　私のものを瑠璃子のアヌスで受け入れられるようにしたいんだ」

「いや！」

せいぜいアヌスに入れられるのは指ぐらいとしか考えていなかったのか、瑠璃子は焦りを見せた。

「指だけでもよがってたんだ。瑠璃子は後ろが好きになる。そう思ったから、いちばん気持ちのいいことを教えてやろうというんだ。嬉しくないのか」

「いやっ！」

肩を喘がせながら瑠璃子は逃げようとした。

やはり、こうやって抵抗しないと面白くない。そろそろ楽しい時間になってきた。彩継は頰をゆるめた。

「ここまでやって来たのは瑠璃子だ。無理に連れ込んだんじゃないからな。何度も確認したはずだ。好きにさせてもらうぞ」

「いやっ！」

丸ぐけの帯締めを解こうと必死に肩先を動かしている瑠璃子が、廊下に続く引き戸に向かって逃げようとした。

鍵のかかった戸の前で喘いでいる瑠璃子を、彩継はゆっくりと捕らえに行った。

彩継が落ち着いているだけ、瑠璃子の動揺は大きい。

「いやっ！」

暴れる瑠璃子の黒いミニスカートのファスナーを下ろして抜き取った。大人びた格好を見せたかったのか、黒いシースルーのハイレグショーツが現れた。

長椅子に上半身をおさえつけ、こないだのように、太腿までショーツをずり下げた。そして、激しいスパンキングを浴びせた。

「ヒッ！　ぐっ！　痛っ！　ヒッ！」

「これもお遊びのうちだ。痛いけど気持ちいいんだろう？　えっ？」

「ヒッ！　痛っ！」

「こないだ、後ろをいじられて気持ちよかったはずだ。帰ってからもウズウズしてたんだろう？　わかってるんだぞ。正直にこたえないと、腫《は》れ上がるまでケツを叩くぞ。気持ちよかったか」

「痛っ！　気持ち……悪かった……ヒッ！　少しだけ、変な気持ち……痛っ！　だった」

「ふふ、その変な気持ちというのが気持ちよさに繋がるんだ。本当に気色《きしょく》悪いだけだったとしたら、きょう、のこのことここまで来やしなかったはずだ。アヌスに指を入れられた快感が忘れられなかったというわけだ。そうだな？」

　これまでより強い一打を与えた。

　ピシャッと心地よい肉音がして、瑠璃子が悲鳴を上げた。

「もうぶたないで。ヒリヒリするから。ね、ぶたないで」

「正直にこたえろ。どうしてきょう、ここに来た」

「変な感じが……忘れられなかったから」

　今まで知らなかった味の餌を撒かれただけに、瑠璃子は無視することができず、ふたたび口にしたいと、いそいそとやってきたのだ。訊くまでもない。だが、こうして告白させることも、お遊びのひとつだ。

「瑠璃子の後ろのヴァージンは私がもらう。太い奴を押し込んでやる」

「いや！」

瑠璃子の皮膚がそそけだった。

「一気に押し込んで怪我をさせるといけないから、何日もかけてじっくり広げて入れてやる。それにはまず、中をきれいにしてからでないと。汚いものが詰まってると興ざめだ。後ろでするには、浣腸してきれいにしてからだ」

「い、いやあ！」

瑠璃子の驚きと暴れかたが尋常ではなく、彩継は吹き出しそうになった。

みるみるうちに全身が汗でねっとりとなり、朱色のタンクトップに、汗のシミが広がっていった。

両手を後ろ手にいましめられていては、逃げまわることはできても、工房から出ていくことはできない。

瑠璃子は半端に引き下げられたショーツを上げることもできず、大股で逃げることができないでいる。滑稽な動きだ。

彩継は慌てふためく瑠璃子を横目に、工房についている作業用の流しの蛇口を悠々と捻《ひね》り、ぬるま湯を洗面器に溜めた。そして、瑠璃子とのプレイのために用意しておいた極太のガラス浣腸器を出して、たっぷりと吸い上げた。二〇〇cc用だが、無理をすれば三〇〇cc近く入る。

「最初に言っておくが、こいつをズブリとアヌスに刺したあと勝手に動くと、先が割れてガラスが刺さり、尻がズタズタの血まみれになる。へっぴり腰で帰らなくていいように、じっとしていたほうが身のためだぞ」

「しないで」

「便秘なら、一発で治るかもしれないぞ」

「便秘じゃない」

「それは健康的で何よりだ。しかし、これは中をきれいにするために、便秘じゃなくてもしなくちゃならないってわけだ」

「いや！」

「ここに来たからにはいやとは言わせないぞ」

工房の隅に逃げている瑠璃子を捕らえに行った。容易に捕まえられるが、わざと追いかけっこを楽しんだ。追うほうは余裕があり、追われるほうは恐怖しかない。彩継としては追いかけるのも快感のひとときだ。

「いやっ！　来ないで！　いやっ！　ヒイッ！」

捕らえられた瑠璃子が恐怖の声を上げた。

「ほら、ケツを出せ。浣腸も快感になるぞ。ガキのままでいるつもりか？　心持ちしだいで何でも快感になるんだ。早くこの快感も覚えろ」

「いやいやいや！」

長椅子に上半身を押さえつけた。

「動くと血だらけになるぞ」

両手を使うため、瑠璃子を逆さに跨《また》いで腰に尻を載せ、体重で押さえ込んだ。そして、ガラスの嘴《くちばし》の先を、恐怖でひくつくすぼまりに押し当てると、ヒッと短い声を上げた瑠璃子が、総身を粟立たせて硬直した。

「そうだ、動くな。先が折れたら、救急車を呼んで病院行きだからな。ケツの治療はみっともないぞ」

身動きできなくなったところで嘴を押し込むと、瑠璃子は息さえ止めたように押し黙った。動けないとわかったところで腰から降り、真後ろからピストンをゆっくりと押していった。

「うくく……く……」

初めてのぬるま湯浣腸に緊張している瑠璃子を見ると、彩継は新鮮さにゾクゾクした。わざと時間をかけて注入した。

そのころになると、早くも瑠璃子は腹痛に襲われはじめたようで、苦しそうな息をした。

「ここを汚したら承知しないからな。うんと後ろをすぼめて我慢しろ。後ろを締めると前も締まる。ヴァギナとアヌスは8の字筋で繋がってるんだ。知ってたか？　せいぜい前がゆるまないように、今から8の字筋を鍛えておくことだ」

嘴を抜くころ、瑠璃子のタンクトップは水に濡れたように、汗まみれになっていた。

「立て」

苦痛に顔を歪めている瑠璃子は真っ直ぐに立つことができず、洩らさないようにへっぴり腰になっている。

ショーツを抜き取り、タンクトップをまくり上げて、乳房をつかんだ。

「んん……オトイレ……お願い……」

「乳首が勃ってるぞ。浣腸も、案外気に入ったんじゃないか？」

「お願い。だめ。もうだめ」

便秘でもなく、初めての経験となると、我慢することはできないはずだ。

工房のトイレのドアを開けると、瑠璃子は排泄を我慢してヨチヨチと歩き、しかし精いっぱい急いで便器に座った。

彩継は正面に立った。

「出て！　早く閉めて！」

「誰が水を流すんだ？　それに、ケツは誰に拭いてもらう？　両手が使えないんだぞ」

今まで排泄を我慢するだけで、他のことを考えられなかった瑠璃子の驚愕の表情と派手な排泄音は、ほとんど同時だった。

ウォシュレットで尻を洗い、乾かしてやったが、瑠璃子は立つ力もないほど、屈辱に打ちのめされていた。

「元気な女が、たまにおとなしくなるのもいいもんだな」

トイレから引っぱり出したが、両手の自由を失ったままの瑠璃子の顔は絶望的だ。

「浣腸は一回で終わりと思うなよ。何度か洗わないと、そうそうきれいになるもんじゃないんだ。今度は自分でケツを突き出せ。抵抗しても無駄だってことはわかってるな？　素直に言うことを聞かないと、尻っぺたをひっぱたいて、もっと恥ずかしいことをするぞ」

長椅子に上半身を押さえつけ、手を離した。

観念したのか、瑠璃子はそのままの姿勢を保っている。魂を奪われた抜け殻のようだ。たった一度で従順になられても面白くないが、たかだか十六歳。可愛いものだ。すぼまりが赤くなってひくついている。恥ずかしいから見ないで、と言っているようで、なかなか愛嬌があっていい。

ゆっくりと、また三〇〇ccほど注入した。案外いける体質のような気がして、あと一〇〇ccほど追加した。

秘園を触ってみたが、たいして濡れていない。まだ快感より屈辱のほうが大きいらしい。

「トイレ……行かせて」

「行かせて下さいと言ったらどうだ？　最近の若者は敬語を使えなくなったな。相手と自分の立場を瞬時に判断して言葉を使い分けるものだ。今、私は瑠璃子の主人で、瑠璃子は私に従うだけの女だ。私が小夜の父親ということはここではいっさい関係ない。だから、瑠璃子が小夜の友人ということも一切関係ない。ふたりのときは主人と僕《しもべ》だ。わかったか？」

「行かせて……下さい……お願い」

「私は主人、瑠璃子は僕。それがわかるかと訊いてるんだ」

苦しさのため、口で息をはじめた瑠璃子を冷静に見つめた。

瑠璃子は排泄の危機にしゃべるのも難儀になったらしく、額に脂汗を滲ませながら頷いた。

トイレを許し、また見物した。

三度目の浣腸のときは瑠璃子はすっかり観念していた。

排泄のあと、両手を解いて裸にし、工房の小さなシャワーで全身の汗を洗い流した。

借りてきた猫という感じで、闊達な瑠璃子が黙り込んでいる。

「さて、やっと後ろをいじれるようになったな。そんなに恥ずかしいか。恥じらいがあってよかった。恥じらいのない女は気の抜けたビールみたいに味気ないからな」

長椅子に仰向けに寝かせ、唇を塞いだ。瑠璃子はじっとしている。舌を入れ、口の中をまさぐった。丁寧に舐めまわすと、じきに鼻からくぐもった声を洩らすようになった。

「んぐ……く……」

そっと唇をなぞると、両手を背中にまわし、キュッと力を入れた。瑠璃子は感じている。感度は悪くない。

このあいだ、後ろのすぼまりに指を入れたときも、アヌスで感じられる女だと思った。今から調教すれば、その手の男を悦ばせる女になりそうだ。

キスをしながら、指を秘園に伸ばし、花びらを揺すった。鼻から喘ぎが洩れた。少し濡れてきている。最初にそこを触られ、期待しているかもしれないが、そうはいかない。

躰を離して両足首をいっしょにして左手でつかみ、グイと押し上げた。脚がくの字になり、膝が腹に着いた。

オムツを換えるときのような格好になり、瑠璃子は脚を伸ばそうと抵抗した。

「動くな！」

彩継に一喝され、瑠璃子はビクッとして動きを止めた。

菊の皺に指を当てると、

「くっ……いや……」

むずがるように尻が動いた。

「こないだ、初めてここに指を入れられた感触を、あれからずっと思い出してはジンジンしてたんだろう？」

「あう……怖い……」

「すぐに太いものを押し込んだりはしないから安心しろ。瑠璃子の知らない気持ちのいいことをじっくりと教えてやる。せっかく浣腸して中まで綺麗になってるんだ。触られないと損だぞ。子供の小夜はセックスもこんなことも知らない。同じ歳なのに瑠璃子は幸せ者だな」

硬い菊蕾の周囲から忍耐強く時間をかけて、丁寧に菊の皺を揉みほぐしていく。中心にはすぐには触れない。

男が女に接するときは、何ごとも時間をかけて丁寧にだ。ヴァギナにペニスを挿入し、出し入れして終わりでいいというのは、女を悦ばせることを知らない男の、自分勝手で単純な動物的行為だ。出し入れが長いより、丁寧な前戯を時間をかけて施すほうが、女の快感は深まる。

女に対する知識がある男は時間をかける。三十分で男女の行為を終わらせてしまうような男は話にならない。それで女が満足するはずもなく、それで満足させたと思い込んでいる男は、女が気をやった振りをしているのに気づかない、おめでたい生き物だ。

女はゆっくりと燃えていく。燃え立たせるまでの男のサービスは、献身的な奴隷にも似ている。だが、ただの奴隷にならず、主人になることもできる。それには、忍耐強く燃え上がらせ、燃えている女を焦らすこと。

女の要求にすぐに応えてはならない。焦れた女が次の行為を待って哀願することで、男の献身は奴隷の献身とならず、逆に権力者の責めとなるのだ。

まだ男を知らない瑠璃子のすぼまりは、硬く閉じている。それでも、菊の皺の中心から遠いところで丸く揉みしだいていると、催促するように鼻から喘ぎを洩らし、クネックネッと尻を左右に振った。

指は中心に近づいては、また遠のく。せっかちな男にとっては、気の遠くなるような単純行為の繰り返しだ。女にとっては焦れったい動きだ。

両脚がくっついているので、肉のマンジュウも閉じているが、脚を押し上げているので、翳りを載せたふくらみは、まるで陰嚢のように見える。ワレメの下方の女の器官も丸見えで、徐々に秘口の潤みが満ちてくるのがよくわかる。

「あは……あん」

たかだか十六歳でも焦れる。

「オジサマ……いや……それだけは……あ……いや……ね……ねェ……あう」

そうとう焦れている。呼び慣れていない先生という言葉を忘れ、またオジサマと呼びはじめた。

「ムズムズするか。うん？」

「変な気持ち……」

「変な気持ちなら、いい気持ちの前触れだ」

片手でつかんでいた足首を放し、改めて両手で太腿を押し上げた。そして、中心のすぼまりをチロッと軽く舐めた。

「くっ！」

尻が跳ねた。

チロチロとつついたあとは、ベットリと舌をつけてこねまわす。

「くううっ！　んんっ！　はああっ……あああっ……」

最初は刺激が強すぎるのか総身をビクビクさせていたが、心地よさそうな声に変わるのに時間はかからなかった。

そこで顔を離した。

「うつぶせになって上半身を椅子に預けろ。尻はうんと突き出すんだぞ」

上気した顔の瑠璃子は、言われるままに汗ばんだ躰を椅子に預け、彩継の口戯を求めてクイッと若々しい尻を突き出した。

彩継は潤滑油を掬い取り、すぼまりに塗り込めた。

「ヒッ」

予想外のことをされ、瑠璃子は鳥肌だった。

「なに……？　ね、なにをするの？」

肩越しに振り返った瑠璃子の目が怯えている。

「もっと気持ちいいことさ。力を抜け。裂痔になりたくなけりゃな」

彩継は親指ほどの太さのアヌス拡張棒を手にした。誰のすぼまりにも入る初心者向けの可愛い太さだ。

「息を吐けよ」

すぼまりに丸くなった先端を押しつけた。

「怖い……」

「息を吐け」

すぐにアヌス棒は沈んでいった。

「くうううっ」

そそけ立った瑠璃子の皮膚を眺めながら、彩継は出し入れした。細い棒だが、菊口でキュッと食い締めているので、スムーズには動かない。だが、潤滑油を塗り込めているのでゆるゆると浮き沈みする。可愛いすぼまりがもっこりと山をつくったりくぼんだりした。

力を入れていた瑠璃子の総身が、やがてゆるんできた。

「気持ちがいいか。今からアブノーマルなことを覚えたら大変だな」

「はあああっ……オジサマ……私、変になる……変になるの」

両手の拳を握り締めて、瑠璃子がすすり泣くような声を洩らした。

細い棒を心持ち太い棒に替え、また押し込んだ。そうやって、次々と四本の太い棒に替えていった。それでもまだお遊びていどの太さだ。勃起した肉茎を押し込めるようにするには細すぎる。

瑠璃子は拒まない。アヌスの快感を早くも覚えはじめている。

ときおり潤滑油を塗り込めながら、アヌス棒を一時間ほど出し入れした。

「きょうはこのくらいでいい。可愛い尻尾《しっぽ》をつけてやるから、こっちでワンちゃんになってみろ」

長椅子から半身を起こした瑠璃子が、彩継をチラチラと窺いながら、床で四つん這いになった。

親指の先ほどある真珠色の玉を十個ほど等間隔に繋いだアナルビーズを手に、彩継は瑠璃子の鼻先に持っていった。

「これを瑠璃子の可愛い尻に入れてやる」

喉が鳴り、尻が落ちた。

「帰るか。これで終わりにするか？　それでもいいんだぞ。今後二度と瑠璃子に触れたりしない」

「いや……」

「だったら、可愛い尻尾をつけて下さいと言え」

ためらい、また唾を呑み込んだ瑠璃子が、

「つけて下さい……」

「尻尾をつけて下さいだろう？」

そう言って、やけに昂ぶった表情を浮かべて尻を上げた。

「尻尾を……」

やっと聞き取れるほどの小さな声だ。

「つけて下さい……」

瑠璃子は彩継から目を逸らした。

「こんなものをつけられたいとは、瑠璃子は変態かもな」

あざ笑った彩継は、瑠璃子の真後ろに移り、胡座《あぐら》を掻《か》いて最初のひとつを押し込んだ。

「くっ……」

軽い抵抗の後、玉はツルッと腸に呑み込まれていった。

「押し込まれるたびに、犬らしくワンと吠えろ。ほら、さっさと吠えないか！」

尻っぺたをひっぱたいた。

「痛っ！　ワン」

瑠璃子が慌てて吠えた。

彩継はクッと笑って、ふたつ目を押し込んだ。

「んんっ……ワン」

忠実な犬は、すぐに吠えることを覚えた。

三つ押し込んだところで、彩継は瑠璃子の前で肩幅ほどに脚をひらいてスックと立った。

「ひざまずいてフェラチオしろ。やったことはあるだろう？　そのあとでイカせてやる」

ピンクの玉を尻からぶら下げている瑠璃子は、言われるままにひざまずき、濃い茂みから勃ち上がっている剛直の付け根を握って、パックリと咥え込んだ。

いい眺めだ。男を知っているとはいえ、体験の少ない瑠璃子は、新しい世界に対してオドオドしながらも、彩継が小夜の養父で著名な人形作家だということで信頼し、こうして意外すぎるほど素直に従っている。

「もっと美味そうにしゃぶれ」

下手なフェラチオはしかたがない。かえってすれていない感じがしていい。瑠璃子は未熟なりに、必死に頭を動かしている。だが、こんな口戯でイケるはずがない。

顎が疲れるほど奉仕させたあと、ふたたび四つん這いにさせ、真珠色の玉をひとつだけ残して、九つまで押し込んだ。

引っぱり出すとき、瑠璃子は今までとちがう感触に、ヒッと、おぞましそうな声を上げた。

四つ引っぱり出すと、後ろから花びらをいじった。一人前にそこら中ヌルヌルしている。

またも焦らすように時間をかけてそっといじり、最後に肉のマメを揉みしだいた。

「くううっ！」

他愛なく瑠璃子の全身を絶頂の波が駆け抜けていった。犬の格好をしている瑠璃子の四肢が打ち震え、すぼまりから垂れている五つの真珠玉が揺れ乱れた。

2

緋蝶は破廉恥な開脚縛りにされ、ベッド代わりの布を敷いた蔵の長持ちの上で仰向けになっていた。赤い長襦袢をつけているが、胸元ははだけている。

膝のやや上に麻縄がまわり、そこから伸びた縄は太い梁にまわっている。脚はMの字に浮かんでいるため、長襦袢は用をなさず、白い脚は剝き出しになっていた。白い足袋がときおり揺れるのが扇情的だ。

両手首にもいましめがされ、頭の後方の柱に繫がっている。

彩継は毛抜きで緋蝶の翳りを一本ずつ抜き取っては、隣の長持ちに載せている制作中の生き人形の肉マンジュウに植え込んでいく。人形は八十センチほどの身長になる。

頭も手足も完成し、後は胴体の肉マンジュウに恥毛を植え付け、頭と四肢と胴体を繫げば完成する。

ひとつの命を形作っていくための、すべての工程が楽しい。特に、彩継ではなく鳴海麗児の名前で創る秘密の生き人形には、最後に恥毛を植え込んでいく。その工程では何体創っても昂ぶり、勃起してしまう。

緋蝶本人の人形を創ったときだけでなく、これぞと思うものには緋蝶の翳りを使う。色艶といい、長さといい、縮れかたといい、申し分なかった。愛好家の評判もすこぶるいい。

緋蝶と結婚して、何十回となく、こうやって恥毛を抜いては秘密の人形達の女園に植え込んだ。

胡蝶の生き人形を創るときも緋蝶の恥毛を使ったが、人形の顔は見せなかった。胡蝶の人形があることを、緋蝶は今も知らない。だからこそ、その娘の小夜を養女にすることに、何の危惧も感じなかったにちがいない。

美人薄命というが、緋蝶の血筋は短命で、誰もが美しい。今も胡蝶の人形を見るたびに、なぜ胡蝶本人の恥毛を植えつけなかったのかと後悔は余りある。

あの美しい胡蝶を茶毘《だび》に付し、骨にするとは怖ろしい美の破壊だ。茶毘に付さないままでいたら、胡蝶は永遠に腐敗することなく、美しいままに眠り続けたのではないか。彩継は今もそう考えることがあった。

胡蝶は手の届かぬところに行ってしまった。だが、その忘れ形見が自分の娘となってこの屋敷に住んでいる。美しいものは永遠に美しいままでなくてはならない。小夜を他人が汚してはならない。美の追究者と自負している自分の手で、小夜を女にしなければならない。

養父になったのも偶然ではなく、必然的な縁だ。身近にいる美の追究者が、小夜という極上の女を磨き、より美しく完成させなければならない。

「あう……」

翳りを抜き取られるたびに、緋蝶はかすかな声を洩らす。このあえかな喘ぎが彩継をゾクゾクさせ、股間のものを反応させた。

人形は、張り子紙で創った胴体に石塑粘土などを盛って、より細部をリアルに表現する。特に麗児の創る生き人形の女の器官は、その手の好事家の誰もが感嘆するほど生々しく、メスの匂いさえ漂ってきそうだと絶賛されていた。

女の器官には神経を使う。特殊な材料を使い、さも生きている女の性器のような触感を創り上げることができるようになった。何度も失敗を重ねたあげくの成果だ。

秘密の生き人形は、ごく一部の好事家に渡るだけだったが、いつしかマスコミにも洩れ、週刊誌を賑わすこととなり、一時期、作者の鳴海麗児探しが始まった。

彩継もその対象になったが、一般向けに世に出している彩継名の生き人形とは、材料も微妙に変えていることから、きっぱりと否定した。

断定はされず、灰色で終わった。それから数年、鳴海麗児の人形はいっさい世の中に出ることがなく、好事家達を落胆させた。

マスコミの騒ぎが沈静化したのを見届け、彩継は、よりいっそう慎重に譲るようになった。売買のときも依頼を受けるときも、以前と同じように決して表には顔を出さず、卍屋の須賀井が仲介人になった。

須賀井は多くの人形作家達との交流があり、彩継が交わりを持っていても、彩継だけが特別に鳴海麗児だと疑われることはない。麗児は世を欺くための名前で、もしかすると女ではないかという噂すら立ったことがあった。そのときは彩継も須賀井もニヤリとした。

「痛ァい……」

空に浮いている緋蝶の白い足袋が大きく揺れた。

抜き取る場所によって、痛みの強いところと、そうでないところがある。蟻《あり》の門渡《とわた》りに近い下方の肉マンジュウに生えている毛は少ないが、そのあたりを抜くたびに、緋蝶の秘口から透明の潤みが溢れ出してくる。

緋蝶は被虐の女だ。最初こそ泣いていやがったものの、今では、言葉ではいったん拒否するものの、辱められることに快感を覚え、期待しているのがわかる。

「いや……もういや」

感じるほどに心と裏腹の言葉を出して、屈辱の女を演じている。しかし、緋蝶はことさら演じようとしているのではなく、奥ゆかしさや恥じらいからそうなるのだともわかっている。わざとらしい演技をされては白けるばかりだ。辱められているという想いが、緋蝶をより深い悦楽へと導いていくのだ。

恥毛を植え付けられていく人形の女園は、色白の日本人の人肌そのもので、体温がこもっているようだ。ワレメからかすかに覗いている二枚の花びらの色づきは男の情欲をそそり、そのあわいにある子宮へと続くくぼみに、誰もが押し入りたいと思うだろう。

メスの匂いがしてくるようだという好事家の言葉は、彩継にとっては最高の賞賛だった。

生身の女より女らしいだけに、妖しい雰囲気を漂わせている生き人形を手にした者の中には、生身の女に興味をなくしてしまう者さえあった。どんな女を抱いても理想とはほど遠く、麗児の創った生き人形に近い女を捜し求めようとさえしはじめる。

須賀井によれば、亡くなった胡蝶だけが、生き人形以上の女だったという。確かに、胡蝶は素晴らしい女だった。だが、彩継は結婚相手に緋蝶を選んだ。緋蝶は胡蝶と肩を並べる最高の女だ。そして、同じ血を引く小夜もまた、極上の女だ。

「あう……いや……あ……」

毛抜きで抜いた恥毛は、ゆるやかな曲線を描いている。毛抜きに挟まれている抜かれたばかりの恥毛の毛根に、特殊な接着剤をつける。それを、隣に横たえられている人形の肉マンジュウに細心の注意を払いながら植え込んでいく。

何体も創ってきた秘密の生き人形だけに、よほどのことがない限り、手元が狂うことはない。しかし、髪の毛などとちがい、恥毛は微妙にねじれているため、最初のうちは思うような向きに植え付けることができなかった。思いどおりに曲線の向きを決められずに、失敗を繰り返した。

植え付ける最終段階になって、恥毛は気まぐれに向きを変えてしまう。肉マンジュウや恥丘に置いた瞬間、置いたはずの向きとはちがう方向に曲線を描き、何度も口惜しさや苛立ちを感じた。

　これまで、多くの女達と交わり、気に入った恥毛の女を口説き落としては、人形に植え換えてきた。だが、結局は緋蝶の翳りが最高だとわかった。

　緋蝶はすべてを兼ね備えた伴侶だ。結婚してからは、それまでの恥毛探しから解放され、緋蝶の恥毛をおおよその人形に使うようになった。

　素晴らしい生き人形を創り上げていく喜びと、こうして緋蝶を辱めている昂ぶりがいっしょになって、この時間は彩継の至福の時だ。

　人形の秘部への恥毛の植え込みは根気がいる仕事だけに、一気に仕上げたりせず、何度かに分ける。

　この人形の依頼者は、国内だけでなく国外にも多くのホテルを持つ有名な実業家からのものので、金には糸目をつけないと言われ、三年も前から頼まれていたものだ。

　展示会などに出す生き人形も創らなければならない。彩継の作品は人形展では引っ張りだこだ。個展も多い。その人形を創りながら、鳴海麗児に秘密裏に依頼された生き人形も創らなければならない。依頼をこなすには何年もかかる。

　創作時間を縮め、雑な仕事をして質を落とすことは、柳瀬彩継にとっても鳴海麗児にとっても名前を汚すことになり、プライドも傷つき、許されない。

それに、今は注文の品より、自分のためだけに創っている制作途中の小夜の生き人形がいちばんの気がかりで、優先して仕上げたかった。乾かす日にちがこれまでになく長い時間に思えてしまう。半年で完成させるのは無理でも、十カ月ほどで何とか完成させたかった。

「あう……」

白い足袋がまた揺れた。

緋蝶の女園がぬめついている。翳りを抜くほどに潤みが増していく。毛を抜きはじめてすでに三時間以上になる。ゆったりと縄をまわしているが、一時間ほどで膝の上部の縄を解いて休ませている。血流が止まらないように、緋蝶の躰のことを考えなければならない。

もうじき人形の秘部の恥毛の植え込みが終わる。身長八十センチの生き人形だけに、緋蝶の躰よりひとまわり小さい。秘部の翳りも緋蝶のすべての茂みを使うことはない。茂みの中からほどよい長さのものを選んで抜いていく。翳りの長さは、場所によって微妙にちがう。もっともふさわしいものを瞬時に選んで抜いていく作業も、彩継にとっては手慣れたものだ。

緋蝶の愛液は、後ろのすぼまりにまでしたたり落ちている。銀色にぬめり輝く蜜を見ると、股間が痛い。それを堪え、一気に最後まで植えつけていった。

依頼者のもっとも興味のある部分の大切な作業が終わると、彩継は大きな息を吐いた。

終わると、いらなくなった緋蝶の残りの翳りも抜いてしまうが、それは後でいい。明日でもかまわない。

神経を使う作業が終わった後の、満ち足りた開放感と抑えていた興奮を解き放つため、彩継は作務衣を脱ぎ去った。

「緋蝶、オ××コを触られたくてウズウズしていたんだろう？　洩らしたようにビショビショに股ぐらを濡らして、いやらしい奴だ。マメが飛び出してるぞ。したいか。えっ？」

「解いて……」

「したいかどうかと訊いてるんだ」

緋蝶は破廉恥なことを積極的に口にすることはできない。眉間に小さな皺を寄せて、弱々しく悩ましい表情を見せて困惑しているだけだ。

「したくないなら、おまえをこのままにして私は風呂にでも入ってくる」

背中を見せると、

「いや。行かないで。解いて。解いて下さい」

切ない声で哀願した。

「だったら本当のことを言え。オ××コをいじってもらいたいとな」

緋蝶がなかなか口にできないことを、意地悪く言ってみる。緋蝶は、言えないというように首を振った。

「だったら朝まで、そのまま股ぐらをひらいてるんだな」

フンと鼻で笑って脱ぎ捨てた作務衣を取って出ていく振りをした。

「待って！　行かないで。して……」

最後の言葉は消え入るように細かった。

「聞こえない」

「して……」

「何を？」

口にできない緋蝶を見限るように、出口に向かった。いつものオアソビだ。筋書きは決まっている。結果も決まっている。だが、それが飽きることなく楽しい。

「待って！　して……あれを……して」

置いてきぼりにされるのを怖れるように、緋蝶がすがった。

「だから、あれとは何だ。面倒だ。もう訊かないぞ」

また出口に近づいた。

「あ、いや。オ……オ××コ……いやあ！」

自分の言葉を恥じて、緋蝶は激しく首を振り立てた。

「ほう、オ××コをしてだと？　人に訊かせてやりたいものだ。その上品な顔でオ××コをしたいと口にするとはな」

緋蝶は男の悦ぶこの猥褻な四文字に、決して慣れることはない。慣れてしまえば言わせる意味もない。

彩継は根《こん》をつめた数時間の疲れも忘れ、緋蝶の破廉恥に開かれた太腿のあわいに顔を突っ込み、したたる蜜を下から上へと舐め上げた。

「くううっ！」

悦楽に繋がる屈辱と、焦らされ続けた時間のために、緋蝶は一気に昇りつめて打ち震えた。

焦らしに慣れている彩継も、きょうはゆとりがなかった。梁にまわっている縄を解き、両手足のいましめも解き、長持ちから緋蝶を下ろした。

紅い長襦袢を着せたまま、乳房を揉みしだき、唇を塞ぎ、唾液をむさぼった。長襦袢の上で、緋蝶の肌の白さが際立っている。背中も愛撫したいが、肉茎はいきり立ち、数日にわたった神経を磨り減らす作業の反動で、辛抱強くは愛せない。

「しゃぶれ！」

薄い紅を塗った唇の狭間に剛棒を押し込んだ。

「ぐ……」

蒸せそうになった緋蝶の歪んだ顔に昂ぶり、腰を数回、浮き沈みさせた。

「美味いか。えっ？」

押し込んだまま尋ねると、緋蝶は苦しそうな顔のまま、ようやくわかるていどに頷いた。

「私の太い奴を、上の口じゃなく、下の口で味わいたいんだな？　したいということはそういうことだ。な？」

「うぐ」

喉を突くほどグイと沈めると、緋蝶が吐きそうになって涙をためた。

「しゃぶれ。しゃぶったらオ××コにぶち込んでやる」

腰を浮かすと、緋蝶は笠の部分や亀頭や裏筋を、生あたたかい柔らかな舌で舐めまわした。じっくりと教え込んできただけあって、瑠璃子とは比べものにならない舌戯だ。

「玉も舐めろ」

剛棒を出し、腰をずらして皺袋を口元に持っていった。

ところどころに毛の生えた皺袋を、緋蝶の唇と舌がゆっくりと辿った。虫達が這いずりまわっているようだ。緋蝶の手は硬い肉茎を握り、やんわりとしごきたてた。

「よし、おまえの欲しいものをくれてやる」

堪えに堪えていた時間があるだけに、彩継は跨いでいた顔から離れ、充分に潤っている緋蝶の秘口に肉杭を突き立てた。

「んんっ」

白い喉が伸びた。

秘壺が熱い。心地よく締めつけてくる。

腰を揺すりたてながら、奥の奥まで押し込んだ。

結合部を見ると、翳りを抜かれてまばらにしか生えていない肉のマンジュウの景色が獣欲をそそる。明日は一本残らず抜いて、子供のようになった柔肉を舐めまわすのだ。ツルツルの丘を眺めながら緋蝶を責めるのもまた一興だ。

「美味いか。おまえは何時間も股ぐらを広げたまま毛を抜かれるのが好きだから、全部なくなったらつまらないだろう？　明日はパイパンだ。伸びてくるのが待ち遠しいだろうな。伸びきったら、また抜いてやる。おまえの毛を植えた人形は最高だ。あちこちの鳴海麗児の愛好者が、毎日おまえの毛を眺めて興奮していると思うと、おまえを直にこうやって抱ける自分が誇らしくなる。淫らなおまえの毛を見るたびに、人形の持ち主は勃起したものをしごきたてているんだ」

浮かした腰を打ちつけた。

「くっ！」

紅い絹地に包まれた緋蝶が胸を浮かした。名前のように、緋蝶は緋色の蝶のようだ。白い躰から生えた紅い羽が、女壺をうがつたびに羽ばたいているように見える。

「何度でもイケ。どこまでも飛んでいけ」

彩継は紅い羽を持つ蝶を突き続けた。

3

世間からお嬢様学校と言われている小夜の通う女子高は、夏休みの間、宿題に自由課題が与えられるだけだ。出校日は八月に一回だけで、のんびりとしている。

小夜は華道師範の資格を持っている緋蝶に華道を習い始め、緋蝶の通う茶道家元の屋敷にもいっしょに通いはじめるようになった。四季の茶花について学び、夏の茶化を宿題の課題に選ぶことにした。

瑠璃子は人形ができるまでを課題に選び、彩継の工房を取材することにした。彩継とふたりになるための口実だ。だが、夏休み前、瑠璃子は「合宿」などと口に出し、屋敷に連泊するのを楽しみにしていたというのに、彩継との関係を知られるのを怖れてか、一週間か十日に一度、今までのように泊まりに来るだけだ。しかも、口数少なく、食事のときも、彩継の顔をまともに見ようとしない。今どきの女も羞恥心を知っていたのかと、彩継は瑠璃子を見直し、焦らずじっくりと飼い慣らしていくことにした。

緋蝶はボランティアで老人施設に出かけた。もう何年も続いているボランティアで、寝たきり老人などが多い施設への慰問だ。

年寄り達は緋蝶が尋ねてくるのを楽しみにしており、元気になるのだと、年輩の女の施設長が言っていた。

当然だ。緋蝶ほどの女が目の前に現れれば、健康な男は勃起し、女達はなごやかになり、どんな不健康な者も活力を与えられる。

緋蝶が慰問したいと言い出したとき、彩継は訪問先を調べてみた。寝たきりが多いので許したが、普通の老人ホームなら、まだまだ元気な男達が、緋蝶を追いまわすことになっただろうし、やめておけと、やんわりと警告したはずだ。

緋蝶がボランティアに出かけるときは、朝から夕方までと決まっている。週に一度のボランティアは、夏休みには幸いだ。小夜とふたりきりになれる絶好のチャンスだ。

「瑠璃ちゃん、合宿はやめたみたいだな。遠慮してるんじゃないのか」

彩継は庭に出て池の鯉に餌をやっている小夜の背後から話しかけた。

小夜の総身が硬直した。

「脅かしてしまったようだな。池に落ちなくてよかった」

彩継が笑った。

小夜も瑠璃子のように、以前より無口になった。それなのに、緋蝶といっしょのときは、不自然さを悟られまいとしているのか、やけに口数が多くなる。

「瑠璃子はお養父さまの工房を見学して課題を仕上げることになったし、それ以上、あんまりお邪魔すると悪いからって……」

「かまわないのにな。それに、瑠璃ちゃんが人形を創りたいと言うから、弟子見習いにしたんだし。弟子なんて取らないんだが、小夜の友達だしな。まあ、あくまでも弟子見習いだ。弟子ってことじゃないんだが」

彩継は小夜の傍らに立って池を見つめた。小夜や緋蝶の清楚さを連想させる白と黄色の睡蓮が咲いている。

「工房に、何か花を生けてくれないか」

「まだ私はお養母さまのようにはできないもの……習いはじめたばかりだし」

「一輪挿しでいい」

「何も知らなかったら簡単に挿せたでしょうけど、たった一輪だから難しいこともわかってきたし」

「堅いことは言わなくていい。夏椿を挿してもらおうか」

日本では沙羅《シャラ》の木と言われているが、正式には夏椿だ。六月から咲いていて、そろそろ花期も終わる。地面に落ちた白い花の風情がいい。

今の時期になると、京都の寺院などで、夏椿の落ちる風情を、日がな眺めている旅行客の姿がテレビに映ることがある。寺院では沙羅の木ということになっている。

釈迦が入寂時に沙羅の木の根元に横たわったと言われているが、その沙羅の木はツバキ科の夏椿ではなく、インド・ヒマラヤ原産のフタバガキ科の常緑樹だ。

「小夜の部屋にも飾るといい。また一年後しか見られなくなる花だ。もっとも、百日紅《さるすべり》などは長く咲いているが、たいていの花は花期が短くて、それだけ一年後の楽しみが大きいものだがな。花はいい。睡蓮も涼しげで心がなごむ」

彩継に秘園を観察されて以来、小夜はふたりきりになるのを避けようとしてきた。あのときの恥ずかしさは、今も忘れられない。彩継に対して、それまでのような見方ができなくなった。

あれからもやさしい養父に変わりはなく、同じように朝食を三人で囲み、学校から戻ってくれば、また三人で夕食を囲む。会話もある。

緋蝶は何も知らない。不自然さも感じていないようだ。だが、あのときから彩継とは、父と娘という枠には収まりきれない何かが生じてしまった。

「どの枝を選ぶんだ？」

彩継は夏椿の木のほうに向かった。二十メートルにもなる木もあるが、ここの夏椿はまだ三メートルほどの高さだ。それでも白い花が毎年、みごとに咲きひらいた。

小夜は彩継の後をうつむきかげんについていき、少しだけひらいた花を選んで、葉も多めについているものを、ふた枝折った。

最初に小夜は、工房の壁に掛かっている竹籠の花入れに夏椿を挿した。

「なかなかいいじゃないか。素質があるな」

彩継に誉《ほ》められ、小夜の肩からわずかに力が抜けた。

もうひと枝を花瓶に挿し、自分の部屋に持っていくとき、彩継も後に続いた。

小夜の胸が騒ぎはじめた。

何かが起こる……。

小夜はその何かが怖ろしいような、心の奥で待ちかねていたもののような、言葉にできないものを感じていた。

ついて来ないで……。

そう言いたい気もした。しかし、口には出せなかった。彩継の次の言葉が怖ろしいだけでなく、やはり、何かを待っている自分もいた。

部屋のドアを開けるとき、唾液が溜まっていた。呑み込む音が彩継に聞こえたような気がした。

「瑠璃ちゃんとふたりじゃ、ひとつのベッドは狭苦しいだろう？」

「セミダブルだから大丈夫……」

瑠璃子は先日泊まったとき、小夜に触ろうとしなかった。ホッとしたが、おかしなもので、よけいに寝つかれなかった。

小夜は彩継に、瑠璃子との破廉恥な行為を覗かれていたことなど知るはずもなかったが、彩継にすべてを知られているような気もして、瑠璃子の名前を出されると、さらに動悸がした。

「いくらでも部屋があるんだ。どの部屋を使ってもらってもいいんだぞ」

「そう言ったけど、ここでいいと言うから……広すぎて、ひとりじゃ怖いって」

「だったらいっしょに休めばいいだろう」

ひとりでは十分すぎる部屋が、彩継とふたりきりになると息苦しい。急に部屋が狭くなり、空気さえ薄くなったような気がした。

「あれから、何回指で遊んだんだ？」

小夜はゴクッと喉を鳴らした。

「あれを覚えるとやめられなくなるからな。してないとは言わせないぞ」

掌や腋下に、じっとりと汗が滲んだ。

「あれを覚えて、そのうち、セックスに興味が湧いて、男を知ったら知ったで、麻薬のようにセックスがやめられなくなるんだ。あんな猥褻な雑誌まで持っていたんだから、おまえがまだヴァージンとわかっても、学校帰りに変な男とつき合っていないかと思ったり、あれから毎日、不安だった。まだセックスしたりしてないな？」

彩継の質問に、小夜は激しく首を振り立てた。

「あんな雑誌も持っていたからには、セックスがどういうものかわかってるな？　蔵も覗いて私達のことも見てしまったんだからな。これからは週に一度、養母さんがいないとき、おまえが処女を守っているかどうか、私が検査することにしよう。いやとは言わせないぞ」

小夜は激しく胸を喘がせながらイヤイヤを繰り返した。

「おまえのためだ。それに、こないだは私が舐めてやると、すぐに気をやったな。おまえが気持ちいいと思うことを、私がしてやる。まだ他の男には触らせない。私の舌の感触が忘れられないんだろう？　おまえは仔猫のように、じっとしていればいいんだ」

「いやいや」

小夜は首を振りながら後じさった。

何かを期待していた。だが、羞恥のほうが強い。彩継は養父だ。これからも父という存在なのだ。

「こないだも見たじゃないか。同じことをするだけだ。おまえのためだ。こんなことでもしないと、いつおまえが過ちを犯すかわからないからな。小夜は大切な私の娘だ。実の娘を養女に許してくれた景太郎さんの手前もあるんだ。さあ、恥ずかしがらなくていい。服を脱ぐんだ」

「いやいやいや」

こうなることはわかっていたような気がする。小夜はそれでも、いざ現実となると、素直に彩継の言葉を聞くわけにはいかなかった。

「悪いことはしません。だから、許して……」

「いい子だと思ってる。だから、おまえがあんな雑誌を持っていたことも、私達のことを覗いたことも緋蝶には言わない。約束しただろう？　私とおまえだけの秘密だ。おまえが素直に言うことを聞いてくれれば誰にも言わない。緋蝶や景太郎さんを、驚かせたり哀しませたりはしたくないからな」

やさしい口調で言いながら、脅迫と同じだ。緋蝶や景太郎に知られたときのことを考え、小夜は彩継の言葉を拒むことができなくなっていった。だが、それが彩継の行為を受け入れるための言い訳だということに、小夜はまだ気づいていなかった。

彩継に身体検査され、もっとも恥ずかしいところを見られてしまったとき、かつてない屈辱と同時に、切なすぎる快感も感じてしまった。あの日から、彩継を養父でなく、男としても意識するようになってしまった。まだ激しい恋の経験もなく、はっきりと認識できないでいるが、彩継に何かを期待している。けれど、期待が現実になると戸惑い、すぐには受け入れられない。

「服を脱ぐのはいやか？　ファスナーを下ろしてやる。いやなら、ショーツだけ脱ぐんだ」

小夜はべそを掻きそうな顔をしてイヤイヤを続けた。

「またこないだのようにくくらないといけないか？　それでもいいんだぞ」

作務衣のポケットから丸ぐけの帯締めを出して見せられ、小夜の鼻から荒い息が洩れた。

生まれて初めて両手をくくられ、ベッドのポールに拘束され、身動きできなくなった躰をひらいて見つめられたあのとき……。

死にたいと思うほど恥ずかしかったというのに、あれから何度、それを思い出しておかしな気持ちになっただろう。ベッドに入ると我慢できず、こっそり秘部に指を持っていき、彩継に知られてしまった行為を繰り返した。

しないで。しないで。しないでお養父さま……。

そう哀願している自分を妄想しながら、指を動かし、やがて、めくるめく衝撃を迎えて打ち震えた。そして、すぐに深い眠りに落ちていった……。

「さあ、どうする？」

帯締めを差し出された小夜は、イヤイヤをしながら、また後じさった。

「そうか、またくらないといけないのか」

小夜は首を振った。

やがて捕らえられ、強引に恥ずかしいところを見られるのだと思うと、切なくなる。涙が溢れてきた。

「どうして泣くんだ。おまえのためを思ってしてやることじゃないか」

「いやあ！」

腕をつかまれたとたん、小夜の喉から悲鳴がほとばしった。全身が粟立ち、恐怖が駆け抜けた。妄想の世界など消え失せ、ただ怖ろしかった。

「いやいやいやっ！」

腕がもげるほど引っ張り、逃げようとした。

後ろに両腕を持っていかれ、手首をくくられても、小夜は暴れ続けた。

「きょうはくくりつけないでやる。おとなしく身体検査させてくれるなら、手だって、くくらなくていいんだぞ」

彩継の股間のものは若々しく漲り、作務衣の下ばきを突き上げていた。

若い女、特に十代の女など青臭くて魅力に欠け、ほとんど興味はない。それなのに、小夜は彩継を惹きつけてやまない。いずれ胡蝶や緋蝶とそっくりの女になることはわかっている。

ときおり、三、四歳で怖ろしいほどの色気を感じさせる幼女に出会い、ハッとすることがあるが、女は生まれたときから艶やかさを持っている者と、歳を重ねていく環境のなかで、培っていく者がいるのではないか。

小夜は生まれたときから、ある種の色気を備えていた。それが、あるときから、いっそう目を見張るほど艶やかになり、今、すでに少女ではなく、はっきりと女の匂いを放っている。

生来の色気もなく、環境でも培われなかった女達は、女でありながら艶やかな花をひらくことなく朽ちていく。

目の前の小夜の、恐怖と哀しみをたたえた顔の何と美しいことか。微笑《ほほえ》みより、ときとして、哀しみや恐怖や屈辱の表情のほうが美しく、激しく心を動かすのはどうしてだろう。

涙が頬を伝っていく囚われの小夜のゾッとするほどの華麗さは、いくら腕のいい彩継でも、とうてい人形では表現できない。美しすぎるものを見つめるとき、それは、人形作家のおのれの限界を悟るひとときだ。

「小夜、こないだと同じことをするだけだ。いい子にしろ」

ベッドに仰向けにした。

「手が痛くなったら解いてやる。泣くな。怖いことはないだろう？」

寄り添って横になり、頭を撫でた。

「小夜があんな雑誌を持っていたり、大事なところを丸出しにして無防備に眠ったりしていなかったら、こんなことはしないんだぞ」

小夜が納得するはずがないとわかっていても、拒めない理由を口にすることで、理不尽な行為の言い訳にした。

「小夜のことが大切だから、こんなことをするんだぞ」

涙の流れている目尻と頬に唇をつけた。柔らかい唇を塞いでみたい。だが、それはまだできない。ものには順序というものがある。ゆっくりと障害物をひとつずつ取り払い、邪魔なものがなくなったところで、すべてを征服する。

一気に征服しようとしてすべてを失うのは、無知な人間だ。あくまでも養父ということになっている以上、乳房を揉みしだくのも、乳首を吸い上げて味わうのも、まだ早すぎる。

「お利口になるか？　手を解いてやってもいいんだぞ」

小夜はすすり泣きながら顔をそむけた。怒っているというより、拗ねたようなそのしぐさがいじらしすぎて、彩継は殺したいほど愛しかった。

絞め殺してやりたいほど愛しい。愛するほど、殺してしまいたいと思う衝動に駆られるのが不思議だ。殺しはしない。むしろ、いつまでも、できるなら今のまま永遠に生きてほしい。それなのに、愛しさ余って殺してしまいたくなる。

「今どきはどうしようもない男が多いんだ。騙されたりするなよ。羊の衣を被った狼に気をつけろ。こんなことを言っても無駄だな。狼は決して本当の顔を見せないで近づいて来るんだ。だから、私は心配で心配で、小夜にこんなことをしなくてはならなくなるんだ」

羊の衣を被った狼は、まさしく自分だ。彩継はそれを充分に認識しながら、しかし、自分は小夜という大事な宝を守るために、美を守る狼にならなくてはならないのだと思った。

きょうの小夜の服は、ピンク色の綿のタンクトップと、白いミニスカートだ。スカートから伸びている素足のみずみずしさ。膝頭の可憐さ。それを見ているだけでも、若いエネルギーが体内に満ちてくる。

スカートをまくり上げた。目に染みるほど鮮やかな白いショーツが腰を覆っている。

「いや。お養父さま、いやいや。いや！」

鼻をすすりながら、小夜がずり上がっていく。両足首を引っ張って引きずり戻した。

「そんなにいやがるところを見ると、あれから男と変なことをしたんじゃないだろうな？」

わかりきったことを口にしながら、ショーツをずり下ろした。

「だめェ！」

両膝を硬くつけ、尻を振りたくって、小夜はショーツを抜き取られるのを阻もうとする。抵抗がオスを昂ぶらせることなど、小夜は悟っていない。

「こないだと同じことじゃないか。静かにしないか」

冷静を装いながら彩継は膝をこじあけ、ショーツを踝まで引き下げた。

「いや。いやなの。お養父さま、いやっ。いやなの。小夜はいやなの」

抵抗の言葉も愛らしい。自分以外の男なら、一気に屹立《きつりつ》を秘口に押し込み、オスの精を放たずにはいられないだろう。

他の男が小夜を犯すことをほんの一瞬、脳裏に浮かべた彩継は、自分の頭をかち割ってしまいたくなった。

力を入れている足から、腰を包んでいた小さな布地を抜き取った。

「いい子だ。見せてごらん」

「いやいや。いやなの。いやなの、お養父さま、いやなの」

可愛い哀願が心地よい。ゾクゾクする。忍耐強い彩継でも、このまま精を放ってしまいそうな気がした。

「何がいやだ。うん？　こないだより悪い子になったのか？　見せられないわけでもあるのか？　痛いことなんかしなかっただろう？　この目で確かめないと、心配で心配でならないんだ。いい子だ」

くっついた膝をこじあけ、躰を入れ、閉じられなくなった太腿を両手で押し上げていった。

「いやいやいや。見ないで。見ちゃだめェ！」

頭がヘッドボードで止まってしまっても、小夜はさらにずり上がろうとする。

Mの字になった脚はばたついたが、女園の見本にしたいような色艶のいい形の整った秘園は、その姿を惜しみなく晒している。

「丸見えだ。二度も見られてしまったら、もう恥ずかしくないだろう？　これでおしまいじゃないぞ。週に一度はこうやって検査するからな」

「いやいやいや」

泣きじゃくる小夜に、ますます彩継の股間は活力に満ちた。今、精を放ってしまえば、どんなにスッキリするだろう。腹を空かせているにも拘わらず、目の前のご馳走を食べられないようなものだ。

たった今、小夜を女にするのは容易だ。だが、それは彩継の美意識に反する。時が来るまでもう少しだけ待つこと。彩継は興奮しながらも、それだけは冷静に考えていた。

「あれから何回指でいじったんだ？　いじってないなんて言わせないぞ。ここを見ればすぐにわかる」

手を離し、膝で太腿を押し上げ、両手で肉のマンジュウをくつろげた。

「いやっ」

尻が左右に大きくくねった。

彩継は肉マンジュウの内側に隠れていたメスの器官を飽きずに眺めた。これほどまでに透き通ったパールピンクの器官は珍しい。芸術品と言っていいできばえだ。

「どうやっていじるんだ？　ここを指でいじると気持ちがいいか？　気持ちがいいからいじるんだもんな。口でされるともっといいだろう？　こないだはすぐにイッたな。いくらでも舐めてやるぞ。私の可愛いたったひとりの娘だからな」

顔を埋め、臍《へそ》を舐めた。

「あん、いや」

すぐに絶頂を迎えさせないように、彩継は遠くから責めた。

臍から翳りへと向かい、そこまでの腹部を丹念に舐めまわす。

翳りに辿り着くと、柔らかい漆黒の恥毛をパックリと口に入れ、唇で引っ張った。すべての翳りを口に入れた。あわあわとした肉のマンジュウに生えたわずかの翳りも味わった。

「小夜のここは、とってもきれいなんだぞ。いつから可愛い指でいじりまわしてるんだ。おかしな形にならなくてよかったな。同じようにいじらないと、片っ方の花びらだけいじりまわしたりしたら、片方だけ大きくなったりするぞ。片手でいじる女も多いが、小夜は両手でいじってるみたいだな」

彩継に隣室から覗かれたことを知らない小夜は、喉を鳴らして総身の動きを止めた。

「図星のようだな。どんなふうにいじっているかしてみせてくれるなら、解いてやるぞ」

羞恥の顔を隠せない小夜は、また顔をそむけた。

彩継は顔を戻し、肉のマンジュウを口に含んでは、そのまま翳りの生えた皮膚を舌で辿った。小夜がむずがるような声を洩らした。

肉のマメや花びらには触れない。鼠蹊部を舐めると、

「あう……」

小夜は腰を突き出した。

女の器官を遠まわしに、根気強く舌を這わせていく。

「くすぐったい……あん……いやん」

くすぐったがるところは少し離れ、また戻る。じわじわと女の器官ギリギリのところまで

責めていく。

いつしか粘膜が潤みはじめている。

肉のマンジュウを大きくくつろげ、花びらとの間の溝を舌でチロッと舐めた。

「あう！」

腰が跳ねた。

彩継はまた遠くを舌で辿った。忍耐強く遠くを愛撫し、たまに湿り気を帯びた秘園の内側を、チロッと一瞬だけ舐める。そのときも、決して敏感すぎる肉のマメや花びらには触れない。

三十分も過ぎると、小夜は肉のマンジュウの内側に触れられた後、もういちど同じことを求めるように、遠慮がちに腰を突き出すようになった。それを無視して、間延びした動作を繰り返す。

一時間もすると、秘口の周辺は透明液でぬらぬらと光っていた。

小夜は焦れている。肝心のところに触れてほしいと思っているのはわかっている。だが、口にできずに、腰を突き出したり、落胆したような声を洩らす。

ようやく花びらの尾根を少しだけ舌で辿った。

「んふ……」

舌を離して眺めていると、小夜は尻を振った。それでも望むことをしてもらえないと知ると、

「痛い。手が痛いの。解いて。いや。お養父さま、解いて。解いて」

駄々をこねるように全身を揺すった。

「解いてやる。そのかわり、どこをいじるか指で触ってみせるんだぞ。約束できるか？」

「いや」

「じゃあ、解くわけにはいかないな」

ゆったりといましめている。危険はない。だが、腕に腰のあたりの体重がかかっているだけに、そろそろ解いてやらなければならない。

花びらの脇の肉溝を、左右ともチロッと舐めては顔を離した。しばらく眺め、また同じことを繰り返した。

「いやいや。嫌い。お養父さまなんか嫌い。大嫌い。解いて！　解いて！」

とうとう小夜が痺れを切らし、これまでより大きな声を上げた。

「どこを自分でいじっているか教えてくれるんだな？」

「いや！」

「だったら、しばらくそのままでいろ」

指で肉のマメを包んだサヤをツンとつついた。

「あう！」

次の行為はしない。間を置いて、絶頂のときが来ないようなもどかしい刺激を与え続けた。

銀色の潤みは増すばかりだ。

持久戦はお手のもの。いくら時間が経とうと、彩継にとっては楽しい時間が近づいているだけだ。

「養母さんが戻ってくるまで、まだたっぷりと時間があるんだ。それまでずっとこのままだ」

ツンと肉のサヤをつついた。

「もういや！　嫌い！　あれをして！　お養父さま、あれをして。ね、変なの。我慢できない。お願い……」

叫ぶように言った小夜が、最後は鼻をすすって哀願した。

どれほどの時間が経っただろう。一時間はとうに経過しているはずだ。二時間か……。彩継にも、時間の感覚がなくなっていた。

「イキたいか。指でいじっているときみたいになりたいか」

泣き出した小夜が、こっくりと頷いた。

「いい子だ。どうしてもっと早く言わないんだ」

頰に唇をつけたあと、ひっくり返し、手首のいましめを解いた。そのまま腰を掬い上げた。

「あ……いや」

意に反して破廉恥に尻が持ち上がったことで、小夜はもがいた。だが、まだ腕が痺れているのか、両手で躰を支えられないでいる。

瑠璃子は後ろのすぼまりが感じやすいとわかり、そこだけ集中的に責めることにしたが、まだ小夜のアヌスには触れていない。瑠璃子よりショックが大きいとわかっている。しかし、何としても触れたくなった。

目の前のすぼまりが羞恥にひくついている。

「全部舐めてやったつもりだったが、まだお尻は舐めてなかったな」

舌を尖らせ、排泄器官とは思えない初々しい菊の蕾《つぼみ》をこねまわした。

「ヒイイッ！」

喉を引き裂くような声にならない叫びが押し出された。

「い、い、いやあ！」

蕾から舌を離さない彩継に、小夜は必死にもがいた。会陰からすぼまりに向かって舐め上げていった。

「くううっ！」

総身が硬直し、弛緩するとき、小夜は瑠璃子のように小水を洩らしていた。それにいち早く気づいた彩継は、足元の薄い肌布団を取り、小夜の腰に持っていった。残りの小水はそれに吸い取られていった。

小夜は放心していた。その後、我に返って泣きじゃくった。

「オシッコを洩らすほど気持ちよかったのか。前も後ろも全部舐めてやったから、もう何も恥ずかしいことはないだろう？　オシッコまで洩らしたんだから、これからは赤ちゃんになっていいんだぞ」

小夜をベッドの端に転がし、濡れたシーツを捲り、またこちら側に転がして、シーツを完全に剝ぎ取った。

泣いている小夜は、仰向けになったまま動かない。

彩継は太腿を押し上げて、小水で濡れた花園を舐めまわした。

「んんっ！　いや！　くううっ！」

気の遠くなるほど焦らされた躰は、じっくりと舐めまわされたことで、またも悦楽の波を迎えていた。

ぬめりと小水の入り混じった、やや塩辛い秘部は、彩継にとってこの上ない美酒だった。

彩継は小夜の胸に耳を当てた。

ドクドクと激しい音がする。気をやったあとの女の鼓動だ。

いつか自分の手で女にしなければならない。絶対に他の男に渡すまいと、彩継は日を追うごとに決意を固めている。

汗ばんで額や頰にへばりついた黒髪を撫で上げた。

「泣かなくていいんだ。気持ちがよかったら、いつでも洩らしていいんだ。養母さんも洩らしたことがあるんだぞ。だからいいんだ。恥ずかしいことじゃないんだ」

抱きしめて何度も頭を撫でてやった。

泣きじゃくっていた小夜が、いつしか両手を彩継の背中にまわしている。幼子のように抱きついている。拒絶ではなく、彩継に縋っている。

彩継は唇をゆるめた。

五月から創りはじめた制作途中の小夜の生き人形の仕上げは、小夜自身の翳りを秘園に植えつけて終わる。

小夜の翳りを抜いていくことを想像するだけで彩継は昂ぶり、心が弾んだ。そのとき、また小夜は泣き叫んで抵抗しようとするだろう。だが、最後はこうやって諦め、むしろ、信頼を深めていくのだ。

小夜人形は、年末が無理でも年明けにはできあがるだろう。処女の小夜を創りはじめたからには、それまで小夜は処女のままでなくてはならない。だが、そのあとは……。

「いい子だ。小夜は私の大事な宝物だ」

彩継は頭を撫でた小夜を抱き上げ、浴室に向かって歩を進めた。

（「人形の家　2」につづく）

この作品は書き下ろしです。原稿枚数333枚（400字詰め）。

幻冬舎アウトロー文庫

●好評既刊
炎《ほむら》
藍川京

亡き母に生き写しの継母を慕いながら、十六歳年下の姪を愛するようになる光滋。まだ少女の彼女をいつか自分のものにする……。源氏物語の世界を現代に艶やかに甦らせた、めくるめく官能絵巻。

●好評既刊
診察室
藍川京

十八歳の新人助手・亜紀は歯科医・志摩に麻酔を嗅がされ気がつくと診察台に縛られていた。躰がしびれて抵抗できない。と、そのとき、生身の肉を引き裂かれるような激しい痛みが処女を襲った。

●好評既刊
女教師
真藤怜

麻奈美は放課後、具合の悪い生徒を保健室へ。瞬間、背後に男の気配がし、目の前が真っ暗に——自分に乱暴した生徒を捜しつつも次々に関係を持つ女教師の、若く奔放で貪欲な官能世界。

●好評既刊
女教師2 二人だけの特別授業
真藤怜

「好きなこと何でも、してあげる」二人きりの放課後の教室で英語教師・麻奈美は、少年っぽさを残す生徒・大樹の足元に崩れ跪いた。美しい女教師が奔放で貪欲な官能を生きる大好評シリーズ。

●好評既刊
調教
団鬼六

芸能界一の美貌の女優・八千代が、SMマニアの会社員に誘拐された。山奥の別荘に監禁された八千代は、凄惨な調教でいたぶられ……。悪魔の館で繰り広げられる秘密の宴。調教官能小説の傑作。

幻冬舎アウトロー文庫

●好評既刊
秘書
団　鬼六

結婚式直前、美人秘書の志津子が、同僚の小泉らによって誘拐された。監禁され、男たちの本能のままに犯されていく志津子だが、被虐の炎が開花して……。巨匠が放つ性奴隷小説の決定版！

●好評既刊
監禁
団　鬼六

何者かに誘拐された、華道の家元で国民的美女の静代の全裸写真が、ＳＭ雑誌に掲載された。誘拐は編集長が雑誌増売のために、企てたのだった。緊縛、浣腸と非道な拷問が続く、残酷官能の傑作。

●好評既刊
生贄
団　鬼六

助教授夫人で美貌の藤枝が、チンピラたちに拉致された。夫の浮気相手が企んだ罠にはまったのだ。バイブ、浣腸など過酷な責めに、藤枝はついに官能の虜と化す……。残虐小説の傑作、ついに文庫化。

●好評既刊
飼育
団　鬼六

高利貸西野の陰謀で、没落寸前の名門有馬家。二十八歳美貌の令夫人小百合まで担保にとり、監禁、緊縛、浣腸と凌辱の限りを尽くす。いつか被虐の歓びに貫かれた女は……。官能調教小説の傑作。

●好評既刊
美人妻
団　鬼六

出張先での轢き逃げをネタにゆすられたエリート会社員西川耕二は、被害者の夫・源造に愛妻・雅子を渡してしまう。白黒ショーの調教を受ける雅子は……。併せて傑作耽美小説「蛇の穴」を収録。

GENTOSHA OUTLAW BUNKO

夜《よる》の指《ゆび》

人形《にんぎょう》の家《いえ》 1

藍川京《あいかわきょう》

平成15年2月15日　初版発行
平成22年4月30日　6版発行

発行人――石原正康
編集人――菊地朱雅子
発行所――株式会社幻冬舎
〒151-0051東京都渋谷区千駄ヶ谷4-9-7
電話　03(5411)6222(営業)
　　　03(5411)6211(編集)
振替00120-8-767643
印刷・製本―図書印刷株式会社
装丁者――高橋雅之

幻冬舎アウトロー文庫

ISBN4-344-40328-2　C0193　O-39-8